DANS LA MÊME COLLECTION

Richard Bach
Jonathan Livingston le goéland

Honoré de Balzac*
Le colonel Chabert

René Belletto
Le temps mort-1

Jacques Cazotte
Le diable amoureux

Bernard Clavel
*Tiennot**

Colette
Le blé en herbe
La fin de Chéri

Corneille
Le Cid

Alphonse Daudet
Lettres de mon moulin

Philippe Djian
Crocodiles

Sir Arthur Conan Doyle
Sherlock Holmes :
- La bande mouchetée
*- Le rituel des Musgrave**

Kafka
La métamorphose

Stephen King
Le singe

Arthur Machen
*Le grand dieu Pan**

Guy de Maupassant
Le Horla
Boule de Suif
*Une partie de campagne**

Prosper Mérimée
Carmen

Molière
Dom Juan

Gérard de Nerval
Aurélia

Ovide
L'art d'aimer

Charles Perrault
*Contes de ma mère l'Oye**

Edgar Allan Poe
Double assassinat
dans la rue Morgue

Pouchkine
La fille du capitaine

Ellery Queen
Le char de Phaéton

Raymond Radiguet
Le diable au corps

Jules Renard
Poil de Carotte

Rimbaud
Le bateau ivre et autres poèmes

Erich Segal
Love Story

William Shakespeare
Roméo et Juliette

Sophocle
*Œdipe roi**

Tourgueniev
Premier amour

Henri Troyat
La neige en deuil

A. t'Serstevens
*L'or du Cristobal**

Voltaire
*Candide**

* *Titres à paraître en septembre 1994.*

L'homme de main

ŒUVRES PRINCIPALES

Le temps mort
Les traîtres mots ou
sept aventures de Thomas Nylkan
Livre d'histoire
Film noir
Le revenant
Sur la terre comme au ciel
L'Enfer
Loin de Lyon
La machine
Remarques
Les grandes espérances de Charles Dickens

# René Belletto

Le temps mort-1
L'homme de main
et autres nouvelles

Librio

Texte intégral

Dans la parole meurt ce qui donne vie à la parole ; la parole est la vie de cette mort, elle est *la vie qui porte la mort et se maintient en elle.*

Maurice BLANCHOT

© René Belletto, 1974

L'HOMME DE MAIN

Je vérifiai une dernière fois que le petit revolver ne se voyait pour ainsi dire pas dans la poche intérieure gauche de ma veste, et je sonnai à la grille d'entrée. J'étais sûr qu'il était chez lui, dans son bureau (un rectangle de lumière pâle se découpait au premier étage de la villa), mais il lui plut de me laisser à sa porte le temps de son bon vouloir. Je dominai mon énervement — tout au plus fis-je quelques pas devant la grille — sans lui donner la satisfaction d'un deuxième coup de sonnette.

Une minute environ s'écoula, que j'occupai à savourer les odeurs de printemps dont l'air nocturne était imprégné. Juan de la Torre ne s'était vraiment privé de rien en s'offrant cette vieille demeure de la banlieue est, où l'on pouvait sans effort se croire en pleine campagne. A six kilomètres seulement de la ville, et dès qu'on quittait l'autoroute, on pénétrait brusquement dans un paysage de prés, de petits bois et de sentiers de terre. Des maisons calmes et sûres étaient à peine visibles derrière les hauts arbres des parcs. Mais je n'enviais pas leurs occupants. La vie me semblait absente de ces lieux de retraite. Je préférais de beaucoup mon appartement du centre, et ce n'était jamais sans un certain malaise que je rendais visite à Juan.

La lampe du perron s'éclaira enfin. Il apparut.

Une trentaine de mètres séparaient la villa de la grille, et je me divertissais régulièrement des difficultés qu'il éprouvait à conserver une attitude naturelle tout au long de cette distance. Les derniers pas surtout lui étaient pénibles, dès lors que nous distinguions nos traits sans qu'il fût encore possible d'engager la conversation, sinon en élevant la voix d'une manière ridicule. Il me fixait alors avec un sourire forcé, ou feignait de s'intéresser à la marche des nuages ou au degré de pousse de ses fleurs, ou encore, pour se donner une contenance, il prêtait une attention exagérée au fonctionnement de sa pipe, tirant dessus avec une violence telle qu'il la faisait gémir comme un animal blessé et que l'artifice, immédiatement deviné, révélait son embarras bien plus qu'il ne le dissimulait.

Ce soir-là, pourtant, j'eus la surprise de constater que sa démarche et ses paroles de bienvenue ne trahissaient pas la moindre contrainte. Il s'excusa de m'avoir fait attendre : de passionnants travaux l'absorbaient depuis une semaine, me dit-il, au point qu'il ne réagissait pas sur-le-champ aux sollicitations du monde extérieur, qu'elles fussent d'ordre sonore, visuel ou même tactile. Ainsi le matin du jour précédent, la femme de ménage, après l'avoir appelé sans résultat, avait dû le toucher plusieurs fois à l'épaule pour le faire se retourner et lui demander s'il voulait bien quitter le salon du bas le temps d'un rapide dépoussiérage.

Il fit durer l'anecdote jusqu'au perron. Je la trouvai sans intérêt, alourdie de détails superflus ou peu vraisemblables. Voulait-il déjà m'exaspérer ? Je pris le parti d'en rire comme d'une bonne plaisanterie, ce dont je me félicitai, car non seulement le rire me permit de garder mon sang-froid, mais la jouissance me fut donnée, en reprenant mon souffle, de saturer mes organes olfactifs d'une lointaine et délicate odeur de lilas.

Nous entrâmes. Je n'avais pas encore dit trois mots. La peur de manifester une amabilité excessive qui eût pu intriguer Juan ne devait pas me conduire à une froideur et une réserve non moins étranges. Je lui demandai d'abord si je ne le dérangeais pas. Il me répondit qu'il devait bien rendre visite à un journaliste dans la soirée — il me le décrivit, je l'avais déjà rencontré chez lui —, mais qu'il téléphonerait pour annuler le rendez-vous, d'ailleurs sans importance et qu'il considérait comme une corvée. Puis je le complimentai sur le goût avec lequel il avait arrangé son hall depuis ma dernière visite. De nouvelles toiles le décoraient. Je m'arrêtai devant un dessin de Goya.

— Je l'ai rapporté d'Espagne. Je viens d'y faire un bref séjour. J'avais besoin de certains documents qui se trouvaient à Cuevas, dans la maison de mes parents, et au retour je me suis arrêté à Madrid, où je l'ai acheté à un ami. Il te plaît ?

— Beaucoup. Il illustre bien le sens de l'absurde et de la dérision de ton maître favori. Et… ces documents, de quoi s'agit-il, si je ne suis pas indiscret ?

— Pas du tout. Ils concernent certaines recherches dont je désirais justement t'entretenir. Ta présence ce soir est on ne peut plus opportune.

J'eus envie de répondre : « Ah oui ? » en déchargeant mon revolver dans son estomac déjà proéminent malgré son âge, mais je me retins. J'étais venu l'écouter palabrer une fois encore et je savais par habitude qu'il se présenterait un instant précis où mon envie de le supprimer culminerait. Hâter cet instant serait diminuer mon plaisir. Je me contentai d'apprécier son trait d'humour involontaire.

— Allons dans mon bureau, dit-il, je te ferai goûter un vin qui a atteint l'âge idéal dans les caves de mon oncle Ignacio.

Je connaissais la qualité des vins qu'il rapportait de ses voyages en Espagne, et je me réjouis d'avance des satisfactions que la soirée me réservait.

D'un geste large et élégant, il m'invita à le précéder dans l'escalier. Je lui trouvai un aplomb inhabituel, une aisance d'attitudes et de mouvements qui faisait presque oublier la petitesse de sa taille aggravée par son postérieur dodu et bas placé, ses vêtements mal taillés et son visage trop court, comme écrasé. On ne voyait plus en lui que l'homme vif et intelligent qu'il était en réalité. J'en fus très agacé. Pendant que nous montions, il me demanda — l'hypocrite ! — des nouvelles d'Anne-

Marie. Je répondis calmement qu'elle allait bien et qu'elle le saluait.

Nous entrâmes dans son bureau. Il s'installa derrière sa table et me fit asseoir en face de lui. Le visage légèrement penché, le nez pris entre ses mains jointes, il m'observa quelques secondes avant de m'engager à quitter ma veste. Je répondis que je me sentais bien ainsi et me contentai d'en défaire les boutons, ce qui me permettait à la fois de rendre aisé mon accès au revolver et d'offrir — en partie seulement, je le regrettai — à son admiration envieuse le magnifique pull-over blanc en shetland dont j'avais fait l'acquisition l'après-midi même, et sur le col roulé duquel mes longs cheveux noirs retombaient de la façon la plus seyante. Je lui laissai le temps de méditer sur sa laideur, puis je lui rappelai son coup de téléphone. Il fit une remarque sur sa distraction, se leva en me priant de l'excuser et quitta la pièce à petits pas pressés. (Le téléphone se trouvait dans le petit salon du bas où Juan passait des journées entières à lire. Il ne travaillait dans son bureau que le soir.)

J'avais encore une occasion de le tuer : il me suffisait de me retourner et de lui tirer dans le dos. Mais je le voulais devant moi, jouant au professeur, m'éblouissant d'idées originales et subtiles, et portant ma haine à son comble.

Je profitai de son absence pour essayer de me détendre, mais je n'y parvins pas. Le silence trop profond, la lumière pâle d'un lampadaire orné de dessins, les vieux meubles andalous, épais et sombres, que Juan avait fait venir à grands frais, la présence mystérieuse des livres qui couvraient un mur entier, tout cela m'oppressait, sans parler du meurtre que je me préparais à commettre.

Il revint très vite, un tire-bouchon à la main. Je faillis rire de cet assemblage saugrenu de Juan et d'un tire-bouchon. Il sortit d'un petit meuble noir bas sur pieds une bouteille et deux longs verres qu'il posa sur la table sans prendre la peine, lui que je savais si soigneux, d'écarter les feuillets qui s'y trouvaient épars.

Il remplit nos verres. Ce dont il allait m'entretenir ne devait pas être étranger à son excitation et à son assurance, mais je me gardai bien de lui poser une nouvelle question. Je bus une gorgée de vin et m'en gargarisai discrètement avant de l'avaler avec délices.

— Excellent! Vraiment excellent! m'écriai-je en toute sincérité. Cet arrière-goût liquoreux est d'une qualité rare. Ton vin peut rivaliser sans peine avec les meilleurs crus français.

Juan sourit, ce qui plissa son visage et l'étira en largeur, me le rendant plus odieux encore. J'avais envie de le marteler à coups de poing au niveau des oreilles pour lui redonner forme humaine.

— Ton attachement aux plaisirs de ce monde me réjouit toujours, dit-il. J'espère que ta gourmandise satisfaite te paraîtra une compensation suffisante aux abstractions que je vais t'infliger, et même qu'elles te passionneront autant que moi, qui sait?

Sa grimace ironique était insupportable. Je croisai les bras en signe d'attention docile, comme un élève. Ma main droite plaquait le petit revolver contre mon cœur. Juan but d'un trait la moitié de son verre.

— Pour des raisons que tu connais, commença-t-il en croisant les bras lui aussi, j'ai été longtemps sans avoir accès aux archives de ma famille, à Cuevas. C'est seulement lors de mon récent voyage que j'ai pu prendre connaissance des derniers documents dont j'avais besoin pour compléter un dossier ouvert depuis des années.

— Et dont tu ne m'as jamais parlé? (J'étais surpris.)

— Tu m'aurais ri au nez. Je compte bien que ta réaction sera différente aujourd'hui. J'ai maintenant une idée précise d'une particularité étonnante qui semble propre à certains membres de ma famille. Le premier texte qui fait état de cette particularité est de la main d'un lointain ancêtre fanatique et lettré, Miguel-Federico de la Torre, et date de 1489. Ce Miguel-Federico y rapporte dans le détail les circonstances de sa propre mort qui ne devait survenir que trois ans plus tard, en 1492, lors de la prise de Grenade par Ferdinand et Isabelle. Tu me diras qu'il est facile de mourir en s'emparant d'une ville défendue par des Maures tenaces, et comme, d'autre part, nous ignorons les circonstances réelles de cette mort, j'ai supposé que mon ancêtre, sous l'effet de tendances morbides, s'est complu à imaginer sa fin et qu'un caprice du hasard lui a donné raison, au moins en ce qui concerne les dates. Mais écoute la suite. Il laissait trois enfants, deux fils et une fille. Les deux fils vécurent une existence normale et moururent vieux. La fille, elle, s'éteignit à dix-huit ans d'une maladie qu'un scribe anonyme — peut-être un précepteur, peut-être un chroniqueur attaché à la famille — décrit comme « une perte progressive du sang ». On peut penser qu'il s'agissait de la leucémie. Or, le même écrit rapporte que, dès l'âge de neuf ans, l'enfant semblait connaître l'évolution future de son mal. Elle en parlait comme d'un événement passé, décrivait des symptômes qui n'apparurent que bien plus tard, se plaignait de ce qu'un de ses frères n'était pas à ses côtés l'après-midi de sa mort, etc.

J'interrompis Juan.

— Qu'essayes-tu de me faire croire ? Que tes ancêtres prévoyaient l'avenir ? Tu me déçois. Depuis quand t'intéresses-tu aux coïncidences et aux cas pathologiques ?

Il eut un de ses sourires en coin qui accentuaient sa laideur et nourrissaient en moi une colère féroce, qu'il m'était encore facile et même agréable de contenir. Il me versa du vin, malgré mon geste de refus. (La légère ivresse que m'avait procurée le premier verre servait mes desseins, un verre de plus les eût peut-être compromis.)

— Comme tu es impatient, dit-il en se servant à son tour. Rassure-toi, je n'ai pas l'intention de te faire le compte rendu exact d'une enquête qui a duré des années. Je pensais seulement que quelques cas précis t'aideraient à mieux recevoir mes conclusions. J'abrège donc : je me trouve en possession d'une longue liste de témoignages établissant de manière irréfutable — permets-moi d'avoir mes convictions — que certains des de la Torre ont eu non pas une prescience de l'avenir, comme tu le dis, mais plutôt le souvenir d'événements futurs les concernant. Ils parlaient également de leur passé comme s'ils s'apprêtaient à le revivre. J'ai encore en tête certaines phrases de ma mère prononcées à la table familiale selon lesquelles elle se réjouissait des longues années d'enfance qu'elle avait devant elle. Elle était alors âgée de trente-cinq ans.

» Un fait est curieux : ces phénomènes ne se manifestaient dans tous les cas qu'après le milieu de la vie de l'individu et ne s'accompagnaient d'aucun sentiment de peur ou d'angoisse. Au contraire, ils eurent souvent pour conséquence une sérénité d'âme caractéristique des de la Torre, qui éprouvaient par ailleurs le désir — ou la nécessité — d'en faire une sorte de secret dont ils ne parlaient qu'entre eux et dont ils étaient tentés, même, d'exclure ceux de la famille que ces manifestations ne touchaient pas. Il faut excepter, bien entendu, quelques confidents, confesseurs ou médecins incrédules. J'espère que tu es sensible à l'honneur que je te fais en t'en parlant ! (Mais j'étais surtout sensible à l'agressivité que suscitait en moi son ton de pédanterie et d'ironie sournoise. Il continua :)

» Le premier qui tenta de réfléchir sur le phénomène au lieu simplement de le décrire fut mon arrière-grand-père Jacinto, directeur de musée à Malaga...

— Je t'en prie, épargne-moi tous ces noms propres. Je suis insensible, tu le sais, au clinquant des sonorités de ta langue.

— Mon arrière-grand-père, répéta Juan, tenant compte de mon interruption sans en relever la méchanceté, dans une longue lettre à un de ses neveux, émit l'hypothèse que pour certains d'entre nous — et peut-être pour tous les hommes, qui n'en ont pas conscience — le temps se déroule dans les deux sens à la fois, du passé vers l'avenir et de l'avenir vers le passé, au même moment et à la même vitesse, ce qui expliquerait l'apparition de ces « souvenirs » particuliers après le milieu de la vie seulement. Il prit l'exemple d'un homme qui serait né en 1700 et mort en 1760 : au moment même où cet homme naît, il commence, soixante années plus tard, à vivre sa vie à l'envers. Au milieu exact de cette vie — expérience vécue par Jacinto lui-même —, il a conscience d'accomplir le même geste, la même action, et à partir de là, il avance en même temps vers sa naissance et vers sa mort. Il perçoit son avenir à la fois comme avenir et comme passé, et son passé à la fois comme passé et comme avenir. C'est ainsi qu'en 1740, par exemple, l'homme en question aura également conscience de se trouver en 1720, mais différent de ce qu'il était en 1720. Il se souviendra d'avoir vécu les vingt premières années de sa vie dans le sens normal, les vingt dernières à rebours, et la période qui s'étend de 1720 à 1740, il l'aura vécue dans les deux sens. Mais le début et la fin de cette période coïncidant dans son esprit, tout se passe comme si elle n'était plus, n'avait jamais été et ne devait plus être. Elle est en quelque sorte effacée, si bien qu'en 1760, l'homme aura vécu deux vies qui se seront annulées l'une l'autre, et le moment de sa mort sera aussi celui de sa naissance. Tu m'as bien suivi ?

Je relevai la tête. Je n'avais pas résisté longtemps à l'éclat sombre du vin dans mon verre. Je le savourais par petites gorgées, et le plaisir que j'en retirais m'aidait à supporter les raisonnements abstrus dont m'accablait Juan. Sa conversation était ordinairement moins fantaisiste, mais j'étais intrigué et je désirais savoir où il voulait en venir. Je lui fis signe de continuer.

— Le neveu, alors étudiant à Salamanque — Juan prononça soigneusement à la française —, fut sensible (comme toi) à l'obscurité et à la confusion des vues de son oncle. Imaginer un homme qui commence au même instant à vivre sa vie dans les deux sens, lui répondit-il, c'est supposer un début et une fin du temps

— supposition inconcevable — et aussi que le début est rigoureusement symétrique de la fin par rapport à la vie de cet homme et de cet homme seulement. Or, nous sommes plusieurs à avoir fait la même expérience. Pour échapper à cette contradiction, il a l'idée de deux temps superposés parcourant un même cercle en sens inverse, mais cette nouvelle représentation donne lieu à des contradictions plus nombreuses et plus graves. La spirale ne le satisfait pas davantage, non plus que l'idée d'un cercle infini, ou l'idée selon laquelle chaque homme vit dans un univers temporel qui lui est propre. Pour finir, se dégageant à grand-peine du réseau d'hypothèses dans lequel il s'était enchevêtré, il ne retient de tout cela que l'idée de destin et en tire — conclusion inattendue, tu en conviendras — des règles de conduite toutes chrétiennes.

Juan m'avait vu changer plusieurs fois de position sur ma chaise. Il se méprit sur le sens de mon agitation et me demanda :

— Peut-être as-tu toi-même des arguments à opposer ?

— J'en ai mille, répondis-je, fort peu soucieux de m'engager dans une controverse.

— Par exemple ?

— Eh bien... un homme qui connaît l'avenir peut le changer, c'est évident. Un père qui sait que son fils va se faire écraser par un camion le lendemain en se rendant à l'école l'empêchera d'y aller, et l'accident n'aura pas lieu.

— Mais non. Si l'accident n'a pas lieu, il ne saura rien. Il ne peut savoir que ce qui s'est passé réellement, puisque l'avenir s'est déjà écoulé et qu'il existe dans son esprit à l'état de souvenir. Je sais, cela nous semble inconcevable. Mais peut-être toute tentative de concevoir ou même de décrire cette réalité différente est-elle condamnée d'avance, si l'on considère — idée banale — que notre perception du temps est incomplète ou fausse, qu'elle est seulement utilitaire et ne correspond pas à cette réalité. Cette idée, mon père l'a développée dans une lettre à son frère Ignace. Bien entendu, tous ces documents sont à ta disposition, tu les as sous les yeux. Ignace, celui-là même à qui tu dois de te régaler en ce moment, était alors juge municipal à Aaïun, dans le Sahara espagnol. Mon père commence, par jeu, à décrire le village où vivait son frère et qu'il ne devait voir que deux années plus tard, lors d'une visite qu'il lui fit. Puis il reprend diverses explications qu'ont données ses ascendants et les critique en s'appuyant sur le fait qu'elles sont toutes fondées sur des représentations spatiales du temps, auxquelles il reconnaît d'ailleurs que notre esprit limité ne peut échapper. Reprenant l'idée de Hyacinthe — mon grand-père — de deux temps contraires qui s'annulent, il imagine un temps immobile, une sorte d'instant unique, gonflé aux dimensions du néant, où nous sommes tous confondus, et il pose ainsi le caractère illusoire de toute réalité.

Le ton d'exaltation sur lequel Juan venait de parler m'indiqua qu'il n'avait probablement plus rien à dire, ce dont je fus un peu déçu. J'espérais une conclusion plus excitante. Lui paraissait très content de la façon dont il m'avait répondu et il afficha — ostensiblement, comme s'il expérimentait une attitude répétée devant un miroir — une expression de mépris omniscient pour me demander ce qu'en fin de compte je pensais de tout cela. L'instant de le tuer était tout proche et je dus réprimer un frisson. Je lui répondis sèchement que je n'en pensais rien, que les faits rapportés mettaient en cause la santé mentale de ses parents et ascendants et non la nature des choses, que, de plus, les hypothèses par lesquelles il expliquait ces faits étaient des vues de l'esprit gratuites et invérifiables, donc sans intérêt. Et c'est alors qu'il rendit idéales les conditions du meurtre, qu'il décida pour ainsi dire lui-même de l'instant de sa mort. Il vida lentement et voluptueusement son verre et prit encore le temps de s'essuyer la bouche avant de me répondre.

— Je savais bien qu'il te faudrait une preuve, dit-il avec, dans la voix, une note de triomphe et de suffisance qui me fit me raidir. Et si je te disais — au cas où, trop attentif à ta haine, tu n'y aurais pas songé — que je suis moi-même un de ces de la Torre pour qui passé et avenir ne font qu'une seule et même masse de souvenirs ?

— Alors, je te demanderais d'évoquer le souvenir des secondes qui vont suivre, cela me ferait plaisir.

— A moi aussi, car ce serait te parler de ta mort!

J'éclatai, de rire et de colère, et je sortis mon revolver. L'énervement me rendit maladroit et moins vif que je n'aurais souhaité, mais Juan ne tenta même pas un geste de fuite ou de défense. Je lui tirai six balles dans la poitrine sans parvenir à effacer de son visage son expression de moquerie triomphante.

Son regard devint vague, du sang coula de sa bouche, mais il continuait de me fixer, et un reste de vie faisait encore palpiter sa chair quand la porte du bureau s'ouvrit derrière moi et qu'un homme armé me transperça d'autant de balles que Juan en avait reçues de moi.

LETTRE À MLLE CATHERINE C.,
8, CHEMIN DES AUBÉPINES
27 - CONTEVILLE

Mademoiselle,
Je vous fais part de la disparition de notre ami commun Christophe. J'allais le voir à mon retour de vacances lorsque j'ai appris la nouvelle par le concierge de son immeuble. Les recherches, pourtant longues et minutieuses, n'ont encore donné aucun résultat, et sa famille craint de plus en plus un suicide. (Pour ma part, je rejette cette hypothèse sans la moindre hésitation.)
J'ai tenu à visiter son appartement. Le concierge m'a prévenu que ses parents avaient emporté toutes ses affaires, mais il m'a tout de même tendu la clef en retenant des questions que mon air sombre ne l'incitait guère à formuler.
Je suis monté.
J'ai trouvé trois pièces vides, étrangères, où plus rien ne rappelait sa présence. J'ai marché jusqu'à la fenêtre de sa chambre, maintenant sans rideaux. Le bout de rue que j'apercevais me paraissait lui-même différent. Je devais faire un effort pour croire à la réalité des moments que nous avions passés là, conversant ou écoutant de la musique des après-midi entiers. Il adorait Bach, il avait des centaines de disques... Mais vous devez savoir cela, et puis, quelle importance ? Je me rends compte que j'essaye de retarder le moment de l'aveu parce que j'ai honte, honte d'avoir lu une lettre

qui ne m'était pas destinée, honte d'être en train d'y répondre...
Je m'explique.
Quand j'ai rendu la clef au concierge, le cœur gros, il m'a donné une lettre de Christophe qui lui était revenue. Nous sachant très liés, il me faisait confiance et me chargeait de la remettre à ses parents qu'il n'aurait certainement plus l'occasion de voir.
Dans ma voiture, j'ai jeté un coup d'œil machinal sur l'enveloppe. Elle portait votre adresse, l'adresse d'une femme! Je vais peut-être vous apprendre quelque chose : personne n'a jamais connu à Christophe la moindre liaison. Les filles étaient un sujet qu'il répugnait à aborder. Pour ma part, malgré notre amitié, j'ai pris soin de ne jamais manifester une curiosité qui eût pu le gêner. Je me suis borné à l'écouter les rares fois où il m'en a parlé de lui-même, et, avec le temps, j'ai fini par me faire une idée sur les raisons de son attitude. Bien entendu, sa vue déficiente explique en partie sa maladresse et son goût de la solitude — depuis l'adolescence il y voyait à peine, et il savait qu'un jour ou l'autre il n'échapperait pas à la cécité totale —, mais elle n'est pas seule en cause, j'en ai parfois eu la preuve. Mais je m'égare encore : stupéfait et incrédule devant le signe certain d'une relation, même épistolaire, de Christophe avec une femme — et d'une relation dont il ne m'aurait pas dit un mot —, j'ai obéi à une impulsion que je suis incapable d'expliquer : j'ai déchiré l'enveloppe — bleu pâle! Christophe écrivant à une demoiselle Catherine C. dans une enveloppe bleu pâle! — et j'ai lu ce qui vous était adressé, quelques lignes seulement, mais quelles lignes! Je les transcris sans plus tarder. Il me semble que je me sentirai moins coupable après. Voici :

Ma chère Catherine,
Si, reconnaissant mon écriture, tu ouvres tout de même cette lettre, sache que je t'aime comme personne n'a jamais aimé. Tu le sais déjà, bien sûr, mais mon amour vient d'atteindre un tel degré d'intensité que ton attitude

va être déterminante pour moi : je t'aime et j'ai besoin de toi pour exister, pour ne plus être l'ombre que j'étais avant de te connaître. Si tu me lis et que tu me répondes favorablement, toutes les idées autour desquelles s'est organisée ma vie — qui étaient ma vie — jusqu'à maintenant me quitteront et s'évanouiront, et seule comptera pour moi la réalité d'une joie que je ne peux encore qu'imaginer.

Mais si, reconnaissant mon écriture, tu n'ouvres pas cette lettre, cela signifiera que je n'existe pas pour toi, donc que je n'existe pas, car je ne peux et ne veux exister que par toi et, plutôt que de retourner à mon état antérieur, je préférerai disparaître.

Excuse ma grandiloquence. Je t'embrasse longuement pour me faire pardonner,

Christophe.

Quand j'ai eu fini de lire, j'ai démarré. Après le choc que je venais d'éprouver, j'avais besoin de me livrer à une activité quelconque. Christophe en amoureux transi, voilà certes un aspect de sa personnalité que j'ignorais ! Vous dirai-je que j'ai d'abord ressenti une sorte de jalousie ? Je ne pouvais croire qu'il ne m'eût parlé de rien, amis comme nous l'étions et depuis si longtemps : depuis un jour lointain de rentrée scolaire où l'appel d'un professeur d'histoire nous révéla l'identité de nos prénoms (je m'appelle aussi Christophe.) Puis j'ai songé avec envie que vous deviez être parée des qualités les plus extraordinaires pour avoir éveillé en lui une passion aussi vive, à tel point que, relisant la lettre, je me suis surpris... à partager presque cette passion. Ne m'en veuillez pas de cet aveu, non plus que de vous supplier à mon tour de m'écrire. Quand vous saurez les raisons de cette prière, vous comprendrez l'urgence et la nécessité d'une réponse.

En effet, une fois rentré chez moi, j'ai retrouvé mon calme et j'ai réfléchi.

Vous savez sans doute que Christophe se réclamait de l'idéalisme le plus extrême. En classe de philosophie déjà, je l'accusais de solipsisme (pour employer un de ces mots qui nous divertissaient tant, surtout si nous parvenions à en faire tenir un grand nombre à l'intérieur d'une même phrase...). Il n'était pas loin de croire que rien n'existait hormis sa propre pensée. Bien plus, s'appuyant sur des arguments à la fois logiques et métaphysiques qui, je le note au passage, frappaient mon imagination plus qu'ils ne me convainquaient, il lui arrivait de mettre en doute son existence même, et si vous avez eu connaissance de l'essai dans lequel il s'apprêtait à exposer ces arguments, vous devez penser comme moi que Descartes, pour citer le premier nom — le plus célèbre — qui me vient à l'esprit, était, comparé à lui, le plus naïf et le plus crédule des hommes. Que Christophe ait été amoureux fou, passe encore, je me fais peu à peu à cette idée, mais qu'il ait pu faire dépendre son existence de l'intérêt et de l'amour que lui accordait ou ne lui accordait pas une autre personne, voilà ce que je ne puis admettre, pas plus que je n'admettais ses raisonnements désespérés sur le néant universel.

Et pourtant, sa disparition — car, je le répète, je n'ai pas pensé un instant à un suicide, c'est ma seule certitude dans cette affaire — constitue une énigme bien troublante. Sa vue ne lui permettait pas de voyager seul et, d'autre part, les recherches ont été presque immédiates. Comment ne l'a-t-on pas retrouvé dans ces conditions ?

Mais il y a plus. (J'ai peur de votre réaction quand je songe à l'hypothèse que je vais émettre. Si je me trompe, je vous supplie à l'avance de ne pas m'en tenir rigueur — et de m'écrire vite.) Voilà : certains détails de sa lettre m'ont amené à penser que vous n'existiez peut-être pas et que vous n'étiez pour Christophe qu'une interlocutrice imaginaire. Pourquoi se serait-il livré à cette vaine comédie, je ne sais. S'agissait-il d'un jeu, d'un appel au miracle ? Dans les deux cas, quelle dérision ! Rien ne me paraît probable et je me refuse à trancher.

Une petite contradiction m'a d'abord alarmé. Christophe envisage le cas où, reconnaissant son écriture, vous auriez des réticences à ouvrir sa lettre, et plus encore à lui répondre. Il se place en position d'infériorité par rapport à vous : c'est lui qui sollicite, c'est vous qui accordez. Sa lettre et son amour peuvent ne pas compter pour vous, alors qu'une réponse favorable — ou simplement une réponse — de votre part serait déterminante pour lui. Or, il conclut en vous « embrassant longuement » pour se faire pardonner sa « grandiloquence ». C'est donc qu'il estime qu'un baiser — un long baiser — de lui présente à vos yeux assez d'importance pour servir de compensation à un quelconque désagrément qu'il pourrait vous causer — ici sa grandiloquence, assez gênante il est vrai. Voilà qui n'est guère cohérent.

Par ailleurs, après avoir supposé que vous pourriez ne pas le lire, il continue de vous parler, il vous informe de ce qui se passerait alors pour lui, etc. Vous sentez immédiatement l'absurdité de la chose : si vous deviez ne pas ouvrir la lettre, vous ne la liriez pas, il n'y avait rien à ajouter ! Ecrire « si tu n'ouvres pas cette lettre » était déjà de trop. La forme, en tout cas, est surprenante : « si tu n'avais pas ouvert » eût été seul logique. Tout se passe alors comme s'il s'écrivait à lui-même et, de fait, la lettre lui est revenue...

Enfin, après une nouvelle lecture, je suis plus que jamais frappé par le fait que le ton de Christophe, si direct et si intime, ainsi que votre refus de le lire, laissent deviner une histoire longue et complexe, et il est impossible, je l'affirme maintenant, qu'il ne m'ait pas fait de confidences.

Je me sens retenu d'être aussi obstinément réaliste que je l'étais dans mes conversations avec lui, mais je ne peux pas non plus recevoir les conclusions qui semblent s'imposer si l'on considère d'une part les convictions de Christophe et les termes de sa lettre, et d'autre part sa disparition mystérieuse. Tout devient confus dans mon esprit. Ecrivez-moi, délivrez-moi de mes doutes. Si l'existence de Christophe est réellement liée à la vôtre et que vous n'existez pas, n'est-il pas légitime de soutenir qu'il n'a jamais existé non plus ? Et moi-même ? Je sens que vous et lui m'entraînez à votre suite dans le néant et je suis près de nous considérer tous, ma chère Catherine, comme des fantômes impuissants et solitaires qui ne font que frémir le temps d'une page tournée.

Christophe.

UN LONG SOMMEIL

Un soir du mois de juin, il ne parvint pas à s'endormir, bien qu'il se fût couché à l'heure habituelle et qu'aucun souci particulier ne troublât son esprit.

Il se souvint des insomnies de son adolescence, de l'agitation du corps et de l'effervescence des idées qui les accompagnaient, et constata que rien de tel ne se produisait cette nuit-là. Il reposait dans l'obscurité, calmement étendu sur son lit et ne prêtant qu'une attention nonchalante aux images et aux pensées qui se succédaient en lui, ni plus ni moins cohérentes que celles de la journée. Simplement, le sommeil ne venait pas.

Il demeura plusieurs heures dans cet état, puis se leva pour boire. Il ne ressentait aucune fatigue. Il fit quelques pas d'une pièce à l'autre, écarta les rideaux de la salle de séjour, contempla un instant la ville endormie. Peu habitué à se déplacer dans son appartement à une heure aussi tardive, il était comme embarrassé de son corps. L'attention qu'il portait à ses mouvements leur ôtait tout naturel et il avait l'impression de les accomplir pour la première fois.

Il regagna son lit. Une insomnie aussi radicale le prenait au dépourvu. N'éprouvant pas le besoin de lire ou de s'occuper de quelque autre façon, il se contenta de la vivre en attendant le matin sans impatience.

Soudain, l'image d'une jeune fille aperçue la veille, alors qu'il sortait de son immeuble et se mêlait à la foule, vint l'assaillir. Il s'en étonna. Non seulement sa mémoire avait retenu ce visage parmi les centaines d'autres qu'il avait croisés, mais elle le lui restituait avec une abondance de détails qui lui avaient alors échappé. La vision devint de plus en plus précise et l'éblouit enfin comme une révélation. Il trouva la jeune fille si belle qu'elle lui parut la réalisation d'un vœu. Il eut encore la certitude qu'elle s'appelait Myriam, puis l'image se réduisit à la mobilité vague du souvenir qu'elle avait d'abord été.

A l'aube, toujours aussi dispos, il guetta les bruits de la rue qui troublaient ordinairement son sommeil (sans qu'il en éprouvât un réel désagrément, car il aimait la vie sans halte de la grande ville, cet éveil et cette agitation perpétuels qui rendaient moins âpres sa solitude et son attente).

Mais il n'entendit rien.

Ses pensées le reprirent.

A presque six heures, le silence demeura intact.

Il bondit hors de son lit et alla ouvrir ses volets. La rue était déserte. Pas une automobile ne roulait, pas un autobus, pas le moindre filet de foule n'arpentait les trottoirs. Que se passait-il ? Il subit un second assaut de l'étrange quand il se rendit compte qu'un calme total régnait aussi dans l'immeuble : point de portes claquées, de volets rabattus avec fracas...

Il s'habilla en hâte et descendit chez le concierge.

Personne ne répondit à ses coups de sonnette. Il sortit dans la rue. Les magasins restaient clos, les poubelles couronnées d'ordures, la ville morte, bien qu'il fît maintenant grand jour. Affolé, il songea au téléphone et remonta précipitamment chez lui. Il voulut appeler ses parents, mais n'entendit pas dans l'appareil décroché le sifflement habituel. Saisi d'un doute, il manœuvra des interrupteurs : l'électricité était coupée. Qu'était-il arrivé aux habitants de la ville ? Il eut peur pour ses parents.

Quelques minutes plus tard, après une course libre

27

dans les rues vides — sans feux rouges, sans circulation — il ne vit que des chiens étendus sur le trottoir, morts sans doute —, il arrêta sa voiture devant la villa de banlieue qu'ils occupaient. Il en possédait les clefs.

Il entra et grimpa à l'étage.

Il les trouva au lit, reposant dans l'attitude du sommeil, la poitrine soulevée d'inspirations lentes et régulières, mais il ne put les éveiller. Il les appela, cria, remua leurs corps, agita les montants du lit : rien n'y fit. Il chercha alors l'adresse d'un médecin dans l'annuaire et s'y rendit, persuadé d'avance de l'inutilité de sa démarche, mais il avait besoin d'agir pour combattre la peur qui l'envahissait, pour se trouver le plus tard possible, jamais peut-être si la situation redevenait brusquement normale, devant les conclusions inacceptables qu'entraînerait toute réflexion.

Le médecin habitait au dernier étage d'un immeuble tout proche. Les boutons de l'ascenseur et de la sonnette ne déclenchaient plus que silence et immobilité, les coups violents dont il ébranla la porte n'éveillèrent que les ondes mourantes de vains échos. Il s'obstina, voulut pénétrer dans le cabinet comme s'il se fût agi là de son but véritable.

Il redescendit les étages et brisa la porte vitrée du concierge. Après vingt minutes de fouilles rageuses, il découvrit dans un tiroir un double des clefs des appartements de l'immeuble.

Le concierge et sa femme dormaient du même sommeil mystérieux que ses parents.

Il remonta.

La colère le prit de trouver le docteur dans un état semblable. Il le brutalisa presque, l'asseyant sur son lit, hurlant dans ses oreilles, l'empoignant aux cheveux pour le maintenir droit, jusqu'au moment où le comique des attitudes qu'il lui faisait prendre le força à s'arrêter : il était au bord du fou rire. La prise de conscience de cette bizarrerie le rendit aussitôt grave. D'où lui venait une variabilité d'humeur aussi inopportune ?

Le docteur persista dans son inertie de mannequin.

Il sortit.

Trop agité pour s'interroger avec rigueur sur les causes possibles du phénomène, il passa des heures à sillonner la ville en voiture, se rendit chez toutes les personnes qu'il connaissait, alla dans quatre gares, pénétra dans des magasins, des bureaux, des usines — et toujours il dut s'introduire comme un voleur, briser des vitres, forcer des serrures —, mais à la fin de la matinée, il dut reconnaître, avec une stupéfaction et une terreur auxquelles il donna enfin libre cours, qu'il était sans doute le seul être éveillé de la ville, que tous étaient plongés dans un inexplicable coma et que cet état de choses datait vraisemblablement du moment où lui-même n'avait pas réussi à s'endormir. Il constata aussi que nulle catastrophe n'en était résultée : les conducteurs de trains ou de voitures et les travailleurs de nuit avaient eu le temps de stopper leurs machines — quand elles ne s'étaient pas arrêtées d'elles-mêmes — avant de sombrer dans le sommeil.

Il revint chez ses parents, laissa une brève lettre à leur chevet et repartit aussitôt pour d'autres villes.

Partout il rencontra la même désolation. L'idée, qu'il avait repoussée jusqu'alors, d'un sommeil universel dont il serait seul exclu le frappa dans toute son horreur à la nuit tombante, et, quand il fut de retour à la villa, après avoir parcouru des centaines de kilomètres sur des routes solitaires et traversé des dizaines d'agglomérations désertes, il désira, de toutes ses forces, dormir.

Il lui fallait des somnifères. Il se rendit à la pharmacie la plus proche, dont il défonça la vitrine au moyen d'une barre de fer.

Trois heures après l'absorption des comprimés, il n'avait pas succombé à la moindre somnolence. D'ailleurs, il se sentait bien. L'activité intense et les émotions de la journée n'avaient pas affecté son état physique. Renonçant à éclaircir la nature exacte des phénomènes dont il était le témoin et la victime, il s'inquiéta du sort de ses parents. Que deviendraient-ils si leur coma se prolongeait ? Privés de nourriture, allaient-ils mourir ? Et lui, combien de temps résisterait-il avant de devenir fou ? Il espéra encore découvrir, les jours suivants, une ou plusieurs personnes que l'épidémie n'aurait pas touchées.

Il songea aussi à celle qu'il avait appelée Myriam. Le désir vain de la retrouver, de traverser avec elle les épreuves qui l'attendaient, le tourmentait.

Le désespoir l'envahit avec le jour levant.

Plusieurs semaines s'écoulèrent sans apporter de changement, plusieurs semaines pendant lesquelles il vécut sur le qui-vive, à l'affût du moindre signe annonçant la fin de son cauchemar. Il fit de nombreux voyages à travers le pays, visita chaque quartier de sa ville, explorant parfois une maison avec le plus grand soin, mais la vie était partout absente. Tout demeurait figé, l'été lui-même semblait ne pas mûrir. Seuls les jours et les nuits continuaient de se succéder.

Il ne souffrit pas de son insomnie persistante, ni les dormeurs, apparemment, de leur étrange sommeil. Force lui fut de s'organiser. Il s'installa dans le salon de ses parents. Désireux de créer autour de lui un petit monde d'ordre pour préserver sa raison du désordre universel qui l'écrasait, il y transporta ses livres, ses disques et divers objets auxquels il était attaché.

Tout souci matériel lui était épargné : les magasins de la ville, où il pénétrait par la force et le bris, lui prodiguaient tout ce dont il avait besoin. Ces effractions, accomplies d'abord avec quelque réticence, lui devinrent bientôt familières et indifférentes. Elles faisaient partie de sa nouvelle existence. Il avait coutume d'emporter dans ses sorties un passe-partout, une lourde barre de fer et même un pistolet dérobé chez un armurier. Ainsi équipé, rien ne lui résistait.

Dans un garage, il se choisit une autre voiture, neuve et rapide, pour ses longues randonnées.

Il essayait parfois de se convaincre qu'il pouvait, en dépit de sa condition, jouir de la vie, de la richesse et de la puissance qui lui étaient d'une certaine façon imparties, et il se fit l'acteur d'une pitoyable comédie. Il décora avec faste la pièce où il vivait, se confectionna de savants repas, se para des plus riches habits, assouvit jusqu'à la satiété sa passion de la musique et de la lecture, mais tous les plaisirs du monde ne pesaient rien en regard de son effroyable solitude. Un seul être vivant aurait suffi à son bonheur et, dans les rêveries auxquelles il s'abandonnait de plus en plus, il se donnait Myriam pour compagne. Avec elle, il aurait hurlé sa joie à l'univers entier, à son silence, à son mystère et à ses perfidies.

L'attente du miracle qui changerait son sort resta longtemps vivace en lui, puis son espoir faiblit. Il se résigna et finit par ne plus sortir, renonçant même à se nourrir, harcelé par la peur et le dégoût.

Au cours des longues nuits immobiles, secoué parfois de rires sans âme, il percevait l'approche inéluctable de la folie.

Or, un soir — c'était l'automne, ou le début de l'hiver —, un bruit de moteur le fit bondir du fauteuil où il se tenait prostré. Par la fenêtre, il vit une voiture qui passait lentement devant la maison. La stupeur le tint d'abord pétrifié puis il se précipita. Les jeûnes et l'inertie n'avaient en rien diminué sa vigueur.

Un instant plus tard il était dans la rue, criant et gesticulant pour attirer l'attention de celui qui, là-bas, continuait de rouler sans hâte, qui virait maintenant à l'angle et disparaissait. Il comprit enfin que la distance et l'obscurité rendaient vains ses appels. Il monta dans sa propre voiture et fonça.

Des larmes d'excitation noyèrent son visage quand il aperçut — mais déjà loin en avant — deux points rouges qui trouaient la nuit comme des yeux. Il accéléra encore, et connut un nouveau mystère : l'autre conducteur ignora les signaux sonores et lumineux dont il l'accablait avec tant de frénésie qu'ils semblaient des hurlements, il augmenta même sa vitesse puis tourna brusquement dans une petite rue, comme désireux de lui échapper.

Alors commença une poursuite forcenée qui les mena d'abord hors des limites de la ville, puis sur les routes du Sud.

Le conducteur inconnu prenait les risques les plus graves, quittant soudain la ligne droite pour traverser de rudes étendues de campagne, s'engageant à une allure aveugle dans d'étroits sentiers de forêt, dévalant de sinueux chemins de montagne sans plus de précautions que s'il se fût agi des plus sûres autoroutes, et lui roulait sur ses traces avec un acharnement docile, meurtri par les secousses, étranger à tout ce qui n'était pas le double signal rouge sur lequel son œil demeurait fixé. Parfois, à la sortie de virages qu'ils avaient abordés en dépit des lois physiques, ils se retrouvaient tous deux en travers de la route ou même dans le sens opposé à celui qu'ils avaient suivi jusque-là. Ils accomplissaient alors, non sans une certaine symétrie, la manœuvre qui les remettait dans la bonne direction.

Après ses longs mois d'attente morne, il prenait une sorte de plaisir à cette chasse furieuse dans laquelle il engagea plus d'une fois sa vie, mais sa vie ne lui importait pas, et il avait su dès le début du voyage qu'il atteindrait son but ou qu'il mourrait.

Ils roulèrent toute la nuit.

Au point de l'aube, ce qu'il put discerner du paysage l'avertit que la mer était proche. Il l'aperçut bientôt. Une route droite la longeait, où la brume s'était rassemblée de loin en loin en nappes transparentes, et que seul bornait l'horizon. Ils s'y engagèrent. Bien qu'il épuisât les ressources de sa machine, l'autre voiture prit une avance fatale. Ses feux arrière pâlirent dans le jour naissant puis, à la sortie d'un petit port, ils glissèrent sur la gauche en se confondant et disparurent.

Il tourna lui aussi. Sur le court chemin où il se trouva et qui descendait vers la jetée, il ne vit rien. Fidèle à sa résolution de suivre partout le fugitif, fût-ce hors de la vie, il accéléra et fonça dans la mer encore blême.

Même alors que l'eau calme se refermait sur lui, une pensée unique l'obsédait : s'emparant de sa barre de fer, il brisa les vitres de la voiture, parvint à sortir et continua sa recherche. Si violent restait son désir et si tendue sa volonté qu'il marcha longtemps sous la mer, et seule l'arrêta non la vanité de sa quête, mais la conscience soudaine qu'il n'éprouvait aucune gêne.

Alors il regagna le rivage, et quand il émergea, les premiers rayons d'un soleil froid lui révélèrent un autre monde, et il pressentit que la mort, peut-être, n'avait pas de prise sur lui. Il en voulut d'autres preuves sur-le-champ. Il appuya une pointe de métal sur la paume de sa main gauche, exerçant une pression de plus en plus forte : la chair ne céda pas, et la sensation n'atteignit pas le seuil de la douleur. La même expérience répétée sur d'autres parties de son corps — ses yeux n'échappèrent pas à l'épreuve et la subirent victorieusement — le convainquit de son invulnérabilité.

Une exaltation le souleva, le fit courir jusqu'au petit port, trouver une voiture à sa convenance et regagner sa ville plus vite encore qu'il ne s'en était éloigné.

Il arriva à la tombée du jour. Son premier soin fut de se procurer une nouvelle arme et de la diriger contre lui : il voulait maintenant être immortel, ou n'être rien. Il appuya le revolver contre son cœur et tira sans hésiter, et la chair de sa poitrine s'enfonça doucement comme sous la pression délicate d'un doigt, la balle inoffensive retomba à terre et il sut qu'il était un dieu, et toute la nuit il le proclama à la ville endormie, mais ils ne l'entendirent point, eux dont il avait oublié qu'ils lui devaient peut-être l'existence, et quand vint l'aube, désespéré du silence de ses créatures et de son impuissance à leur donner la vie, il s'allongea sur le sol et il voulut dormir et mourir comme elles et le sommeil, une fois encore, lui fut refusé.

Il espéra qu'avec le temps ses pouvoirs se multiplieraient, et les connaissait-il bien tous ?

Le monde semblait figé dans son nouvel état. Les dormeurs gardaient les yeux fermés sur leur rêve immobile et secret, rien de ce qui était l'homme ou de la main de l'homme ne changeait ni ne s'altérait, seule la nature poursuivait le cycle éternel de ses recommencements, et lui seul avait le privilège du mouvement.

Il décida de retrouver la jeune fille dont la pensée ne l'avait jamais quitté. La tâche ne lui paraissait plus impossible. Peut-être l'éveillerait-il à la vie et découvrirait-il en elle une compagne prédestinée.

Il entreprit l'exploration de toutes les maisons de la ville, pénétrant dans chaque pièce, examinant chaque dormeur. Des mois passèrent, des années peut-être. Il perdit la notion du temps, la réalité devint une masse confuse d'objets identiques. Vint le jour où il n'y eut pas de rue, de ruelle, d'impasse, si petite et si dérobée fût-elle, qu'il n'eût visitée, où pas un visage ne lui fut étranger. Il décida sans lassitude de partir pour d'autres villes lorsqu'il la découvrit enfin, dormant dans le seul lieu où il eût négligé de porter son attention, un recoin obscur de son propre immeuble, près des escaliers : elle aussi, jadis, l'avait cherché !

Il l'emmena jusqu'à la villa de banlieue qui était restée pour lui un port d'attache, la coucha sur le sol, la dévêtit, puis, s'allongeant près d'elle, il l'appela du prénom, Myriam, qu'il lui avait donné, mais elle resta absente.

Alors il accomplit l'acte de chair le plus désespéré qui agitât jamais le corps d'un homme ou d'un dieu et, animé d'un désir éternel, il le répéta jusqu'à la fin des temps, et d'autres temps recommencèrent, et il partit avec elle pour le plus long voyage où se lançât jamais un homme ou un dieu, à la recherche du lieu magique où elle s'éveillerait enfin, et toujours il la porta contre sa poitrine, lui parla, l'aima.

Un jour, dans le froid d'un vaste désert, elle mit au monde un enfant sans vie qui lui inspira de la haine et qu'il abandonna à l'endroit même où il l'avait arraché à sa mère. Tel fut le seul fruit de son amour pour elle, et quand il revit sa ville, après que ses pas l'eurent porté en tous les points de la terre, il sut qu'il n'avait plus rien à espérer ni du temps qui passait ni de sa condition dérisoire de dieu impuissant.

C'était l'été. Il contempla une dernière fois la ville morte, le ciel au-dessus de lui, puis il abandonna Myriam là où il l'avait un jour découverte. Après un morne adieu, il remonta pour n'en plus jamais sortir jusqu'à son appartement. Il s'y enferma, s'allongea sur le lit de sa chambre, chargé de toute la lassitude du monde et du temps, et, sans même y prendre garde, il s'endormit.

Les bruits coutumiers du matin le tirèrent d'un profond sommeil. Il alla ouvrir sa fenêtre, ses volets. Dans la rue, la circulation était déjà intense. Il leva les bras pour saluer la vie qui commençait enfin et se retourna en criant le nom de Myriam, Myriam qui devait s'éveiller elle aussi, au bas de l'escalier, et il se rua vers la porte, mais son élan fut brisé et son cri s'arrêta dans sa gorge et l'étouffa, et son corps au même instant se perça de multiples trous, se recroquevilla comme sous un fardeau trop lourd, se dessécha de tout ce dont il avait été infiniment privé, et il mourut de toutes les morts qu'il s'était lui-même auparavant données.

REMAKE

— Excusez-moi d'insister, mais je tiens absolument à ce que mon adresse ne soit par révélée. Je ne veux plus voir Solige. Le tournage correspond à une période de ma vie que je souhaite oublier. Vous pourriez me demander pourquoi j'ai accepté de vous recevoir. Disons que parler me soulage : il y a si longtemps que cela ne m'est plus arrivé ! Vous raconter le film sera pour moi une libération, et puis je ne peux m'empêcher de me réjouir à l'idée que Solige en crèvera de colère. Excusez ma violence, mais croyez qu'elle est justifiée.

Je l'assurai qu'il pouvait compter sur ma discrétion. Notre conversation m'avait fait découvrir en lui un homme intelligent, cultivé, mais aussi sensible et modeste. La gêne qu'il éprouvait à développer certaines idées, à prononcer certains mots, à faire des citations qui pourtant lui venaient tout naturellement à la bouche était attendrissante. Je lui rappelai que ma revue de cinéma était très spécialisée, et que ce qui intéresserait les lecteurs serait précisément le film inachevé du grand metteur en scène et non des anecdotes à sensation.

— Néanmoins, ajoutai-je sans hypocrisie, tous les détails que vous voudrez bien m'autoriser à publier seront les bienvenus. Quand nous aurons terminé, je repasserai la bande magnétique depuis le début et j'effacerai sous vos yeux les passages qui pourraient vous gêner.

Il approuva. Je lui demandai pourquoi Albert Solige

avait toujours manifesté de grandes réticences à parler de son œuvre.

— Parce qu'elle n'est pas terminée. Selon lui, privé de sa dernière séquence, le film n'est rien, il perd sa signification et son intérêt.

— Et c'est donc par votre faute qu'il n'a pu tourner cette dernière séquence ? Vous n'étiez plus d'accord, vous ne vouliez pas que le film sorte ?

— Non. Mais voyez l'ironie : je pense pour ma part que le film, du fait de son intrigue et de ses personnages grossièrement symboliques, ne pouvait que gagner à laisser planer une incertitude sur le sort de Gylos, le héros. Tout le monde aurait compris. La fin qu'avait prévue Albert soulignait inutilement ce qu'il faut bien appeler sa démonstration, elle était très artificielle. C'était se moquer du public. Surtout qu'elle n'avait pas l'excuse de l'effet de surprise. Un effet de surprise réussi peut faire oublier les artifices dont on s'est servi pour l'amener, il introduit une idée de jeu, de complicité avec l'auteur, qui, en fin de compte, nous fait accepter plus volontiers la signification qu'il a voulu donner à son œuvre. Personnellement, c'est dans ce sens que je modifierais le scénario, si j'avais à le faire. Et à propos de scénario, je soupçonne fort Solige d'avoir utilisé un texte littéraire qu'il a trafiqué pour le rendre conforme à ses desseins. J'ai surpris certaines conversations...

— Votre agressivité contre le film et surtout contre son auteur pourrait étonner. Solige était votre ami, vous le connaissiez depuis longtemps ?

— Depuis très longtemps, en effet. Mais nos rapports s'étaient détériorés. Notre brouille n'a été que le point d'aboutissement d'un désaccord et d'une inimitié déjà anciens. Je n'aurais jamais dû m'engager dans cette aventure. Heureusement, j'ai compris mon erreur à temps.

— Serait-il indiscret de vous demander les raisons de cette inimitié ?

— Certainement.

Je compris que je n'obtiendrais rien sur ce terrain et j'enchaînai aussitôt :

— Vous êtes contre le symbolisme en art ?

— Non, je ne pense pas, ce n'est pas ce que je voulais dire. Le véritable art symboliste s'appuie sur une interrogation passionnée de la forme qui est très fertile esthétiquement. Pour citer une phrase de poète, il revêt l'Idée « des somptueuses simarres des analogies extérieures », et même, dans le meilleur des cas, le symbole naît de l'œuvre et non l'inverse. Non, je faisais allusion au récit allégorique dans ce qu'il a de plus artificiel. On sent trop que Solige voulait exprimer des idées sur le destin, la divinité, la mort, et que le film n'est rien d'autre qu'une illustration de ces idées.

— Comme le dit Croce dans son *Esthétique*, « si l'on peut exprimer d'un côté le symbole et d'un autre la chose symbolisée, on retombe dans l'erreur intellectualiste ; le prétendu symbole est l'exposé d'un concept abstrait, c'est une allégorie ».

J'avais cédé au vain plaisir de briller, de ne pas être en reste de citations, de lui montrer qu'il avait en face de lui un « interlocuteur valable ». Il le comprit fort bien et me sourit :

— C'est exactement cela. Notez qu'il ne faut pas systématiser. On pourrait soutenir que l'allégorie n'est pas seulement une façon détournée de dire les choses, inutilement compliquée et énigmatique — elle renverrait à des formes plus simples, lesquelles renverraient à la réalité —, mais une façon plus riche d'exprimer directement cette réalité, différente bien qu'elle soit elle-même composée de formes, mots, images, etc. Un artiste peut ne pas avoir une conscience nette, précise, de ses propres idées sur le monde — sinon, objection bien connue, pourquoi ne pas les exposer dans un traité ? —, mais peut ne penser qu'à travers les histoires qu'il invente.

— On rejoindrait ici le meilleur symbolisme...

— Oui. Mais encore faut-il admettre que les idées sont des réalités, que les formes peuvent donner la clef de l'univers, en d'autres termes que le monde a un sens, et un sens accessible. Je suis loin d'en être convaincu.

Curieusement, il faisait des réserves sur ce qu'il venait de dire chaque fois que je l'approuvais, non par esprit de contradiction à mon égard, mais plutôt comme si mes interventions étaient l'occasion pour lui de préciser sa propre pensée.

— Vous avez une conception aristotélicienne de l'art ?

— Si vous voulez, oui.

— Mais ne pensez-vous pas que ces tentatives d'élucidation par l'art, même si elles sont arbitraires, peuvent être un témoignage admirable de l'inquiétude de l'homme face aux mystères qui l'entourent, dans la mesure, bien entendu, où elles donnent lieu à des créations véritables ?

— Vous avez sans doute raison. Disons simplement que le film de Solige n'a aucune des justifications dont nous venons de parler. Dans la suite du passage que vous citiez si justement tout à l'heure, Croce admet que l'allégorie, au mieux, peut ne pas nuire à l'œuvre. Or Solige, si convaincant d'habitude dans la peinture minutieuse de la réalité, semble avoir perdu ici tous ses moyens. Et pourtant l'allégorie peut faire bon ménage avec le réalisme, il y a même un lien évident entre les deux. Mais il s'est trouvé paralysé par les encombrants symboles qu'il a voulu faire entrer de force dans son histoire. A mon avis, il savait qu'il faisait fausse route. Il affirmait, comme pour se rassurer lui-même, que la dernière séquence serait la plus réaliste, la plus vraie qu'il ait jamais tournée. Je demande à voir. Non, je n'ai trouvé qu'un seul élément positif dans son film, c'est le comique. Encore ce comique lui-même m'apparaît-il comme gratuit. Solige dissimule sa gêne derrière des pitreries qui ne font pas naturel, qui s'intègrent mal aux autres éléments, réalistes et fantastiques, si bien qu'on ne le ressent jamais comme le signe d'une distance qu'il prendrait à l'égard de son histoire. Mais enfin, le jeu des acteurs, les dialogues, certains épisodes, les chassés-croisés de l'intrigue m'ont parfois arraché quelques ricanements.

— Si nous en venions au film, justement?

— Volontiers. Mais si vous permettez, je vais d'abord chercher à boire. Je suis continuellement altéré, par cette chaleur. Je vous propose du jus de fruits ou de l'alcool, cognac ou rhum...

Je répondis qu'un jus de fruits irait très bien. Il sortit. Je m'étonnai presque qu'il eût autre chose que de l'eau à m'offrir, tellement sa maisonnette évoquait une retraite d'ermite. Il m'avait dit qu'il y vivait seul, ignoré de tous, sans besoins ni projets, indifférent. La pièce où je me trouvais, sans doute unique à part la cuisine et peut-être une salle d'eau, était longue, étroite et vide de tout meuble et de tout objet superflu. A ma gauche, un rideau de sa fabrication (il était fait de deux pièces d'étoffes différentes et qui ne se rejoignaient qu'imparfaitement) isolait une sorte d'alcôve où il devait avoir son lit.

Seul le paysage que j'apercevais à droite par la porte-fenêtre apportait quelque agrément à la maison. Elle avait été construite dans un lieu privilégié, sur le versant ouest de la colline qui dominait l'île. A cette heure de la journée, le soleil couchant faisait étinceler la mer et révélait le moindre relief du terrain qui descendait en pente douce jusqu'à la plage.

— Jolie vue, n'est-ce pas? dit-il en revenant. Mais vous savez, j'y suis habitué. Il m'arrive de la trouver sinistre. Je travaille la plupart du temps le dos tourné à la fenêtre.

— Vous travaillez?...

— Oui. J'écris des nouvelles. Vous pouvez le mentionner, dit-il après une hésitation.

Il remplit deux grands verres, l'un de jus de pomme et l'autre de cognac. Je n'en crus pas mes yeux. J'avais repoussé à tort comme absurde l'idée qui m'avait effleuré un instant auparavant : il s'apprêtait bel et bien à étancher sa soif avec du cognac, et tout indiquait qu'il ne s'agissait pas là d'un acte exceptionnel. Je me rendis compte que j'éprouvais un léger malaise en sa présence. Nous eûmes encore une brève conversation sur les beautés de la nature, puis il en vint au récit du film.

— Bon, allons-y. J'espère que ma mémoire ne sera pas trop infidèle. Toute l'action ou presque se passe dans un village isolé traversé par une longue rue principale. On ne voit jamais d'église. La seule autorité semble être représentée par un vieil homme que tous appellent le Doyen. Le pays et l'époque ne sont pas précisés. Les techniques agricoles rudimentaires et l'absence de véhicules à moteur semblent indiquer une époque reculée, mais d'autres signes contredisent cette supposition. On ne sait pas. Il n'y a pas de générique. Après un plan fixe sur la mer, la caméra amorce un ample travelling semi-circulaire qui découvre un arrière-pays montagneux. L'attention est d'abord attirée sur un château aperçu au sommet d'une crête, puis sur le village, au loin.

»Deuxième plan : à l'une des extrémités du village, près d'une maison plus grande et plus belle que les autres, un vieillard gratte péniblement le sol de son jardin à l'aide d'une binette dont le manche tourmenté évoque davantage un cep de vigne que le bâton lisse et rectiligne caractéristique de ce genre d'outil. C'est la fin d'une journée d'été. La chaleur est encore intense. Le vieillard, ridé, cassé, lent et imprécis dans ses mouvements, ruisselle de sueur. Il se redresse, tire un mouchoir de sa poche et s'apprête à s'éponger le front lorsqu'il aperçoit sur la route un homme dont la tête est recouverte d'une cagoule rouge. Il est immédiatement pris de panique, et le contraste entre son agitation soudaine et son abattement précédent, surtout chez un homme de son âge, nous vaut le premier effet comique du film : il se remet au travail avec furie et fait voler la terre autour de lui aussi vite, aussi loin et en aussi grande quantité que dix chiens déterrant le même os.

La comparaison me fit rire, mais je trouvai curieux qu'il cherchât à me donner un équivalent verbal des images. Il avait déjà bu un bon tiers de son verre de cognac. Il poursuivit :

41

» — L'homme à la cagoule arrive à sa hauteur. Il porte un long poignard au côté. Il s'arrête et dit d'une voix forte et enjouée :

» — Bonsoir, Doyen. Ça dégèle, hein ?

» Le vieux lève la tête comme s'il découvrait seulement la présence de l'autre, se force à rire à l'antique plaisanterie, salue à son tour et recommence à biner.

» — Serait-ce trop te demander, Doyen, de m'écouter quelques instants ?

» Le ton est autoritaire sous son apparente légèreté. Le vieux comprend qu'il ne peut se dérober. Il pose son outil.

» — Je t'écoute, dit-il.

» — A la bonne heure. J'ai une commission pour toi de la part du Maître. Le Maître a appris qu'un de tes sujets, Gylos, est venu te réclamer l'autorisation de quitter définitivement le village et que vous avez rendez-vous demain matin. Je ne me trompe pas ?

» — Non, c'est exact, bredouille le Doyen.

» — Eh bien, le Maître voudrait savoir si tu n'as pas accepté dans un moment de distraction ou d'inconscience et si tu ne penses pas, comme lui, que tu devrais refuser demain de rédiger cette autorisation.

» — Si, le Maître a raison. Mais...

» — Le Maître a raison. Quelle est cette idée de vouloir quitter le village pour ne plus y revenir ? Seules des autorisations temporaires ont été accordées jusqu'à présent, et encore, tu sais avec quelles précautions...

» — Mais que dirai-je demain matin ? se lamente le Doyen.

» L'homme hésite, réfléchit.

» — Exige un délai, huit jours au moins. Et pas un mot de ma visite à quiconque, bien entendu.

» Le Doyen comprend ce que signifient ces paroles. Il surmonte sa crainte un bref instant, le temps de protester sans conviction :

» — Mais vous avez déjà pris Hugues il y a moins d'une semaine, et Simon le mois dernier...

» L'autre ignore la réflexion.

» — Je dirai donc au Maître que tu es d'accord, sois certain qu'il s'en réjouira. Au revoir, Doyen. Un peu de pluie ne ferait pas de mal aux jardins, n'est-ce pas ? La terre est sèche.

» Puis il reprend le chemin par lequel il était venu et dont on devine qu'il conduit au Château, visible dans le lointain. (Solige s'est d'ailleurs arrangé pour le montrer aussi souvent qu'il était possible, cela faisait partie de ses intentions.)

» Le Doyen range sa binette dans une cabane en bois derrière laquelle on aperçoit un énorme gong, et il rentre chez lui. Sa jeune et belle servante est en train de préparer le repas. Il s'empresse de lui raconter son aventure. Elle l'écoute attentivement et partage son émotion. Bien qu'il lui parle avec une certaine rudesse, comme à une inférieure, on comprend qu'il a toute confiance en elle, peut-être à tort : la menace qui pèse sur Gylos la bouleverse davantage, semble-t-il, que les tracas de son maître.

» — Ils vont l'emmener au Château d'ici huit jours, dit-il. Il n'y a rien à faire contre cela.

» Tous deux se taisent.

» Changement de scène : nous voyons les rues du village à la tombée du jour. Les paysans reviennent des champs, les enfants courent à leur rencontre, les femmes s'interpellent sur le pas des portes, échangeant des remarques sur la chaleur, sur le repas qu'elles ont préparé, sur l'épidémie de coqueluche qui frappe chaque jour de nouveaux enfants.

» Puis nous pénétrons dans divers foyers, ce qui fournit à Solige la matière de quelques épisodes traités sur le mode burlesque. Nous voyons une famille réunie autour d'une table où fume une marmite de soupe. Le père, qui a sans doute trop bu pendant la journée, s'énerve contre ses nombreux enfants. Soudain, il se lève de sa chaise et se met à distribuer des taloches à droite et à gauche avec des gestes vifs, comme à la chasse aux papillons. Emporté par son ardeur, il gifle aussi sa femme qui proteste et l'accable de jurons pittoresques. Les enfants pleurent. Le père pousse un hurlement qui fait taire tout le monde et s'en prend à son fils aîné, qu'il rend responsable du désordre : "Si tu continues je te mets dehors, moi, à coups de pied, à coups de pied dans le ventre, mon petit, et par la fenêtre, tu m'entends, par la fenêtre, sans l'ouvrir!"

» Ailleurs, un vieux médecin est au chevet d'un enfant qui tousse. Derrière le médecin, le père manifeste, par nervosité ou pour toute autre raison, une agitation de tout le corps : il se gratte le dos de la main gauche et la poitrine de la droite, frotte alternativement la pointe de chacune de ses chaussures contre son pantalon au niveau du mollet, agite la tête comme pour chasser les mouches, etc. Le médecin déclare son intention de faire une prise de sang au malade et il ouvre sa trousse. Elle est vide. Il se met alors à pester contre sa négligence, se plaint d'avoir oublié son stéthoscope, sa seringue hypodermique et toute une série d'instruments médicaux qu'il énumère complaisamment, puis, se tournant vers le père, il lui dit d'une voix soudain calmée : "Tant pis, passez-moi une cuvette et un couteau."

» Ailleurs encore, on assiste à une version simplifiée, grossière et inachevée de l'épisode célèbre de la petite madeleine de Proust. Un énorme personnage, en visite chez un couple, est invité à goûter au plat qui se trouve sur la table. Il s'agit peut-être de flocons d'avoine. Il refuse, ils insistent ; finalement, pour leur faire plaisir, il trempe un doigt dans le plat et le suce. Soudain perplexe, il dit : "Je suis sûr d'avoir déjà mangé de ça une fois, une seule fois, mais où et quand? Vous permettez?" Il s'empare alors d'une cuiller et goûte à nouveau pour solliciter sa mémoire avec plus d'insistance, en vain. Très contrarié, il réclame une assiette, se sert copieusement et commence à manger sans plus s'inquiéter de ses hôtes, les yeux fixés au plafond, dans l'attente de la révélation qui ne vient pas. On comprend alors qu'il ne connaîtra plus de paix avant d'avoir retrouvé l'instant du passé qui lui échappe. Quand il a dévoré tout ce qu'il y a de flocons d'avoine sur la table, il prie la maîtresse de maison de lui en refaire une marmite. On le reverra à deux reprises dans le film, les joues gonflées de flocons, méditatif ou rageur, attendant toujours, et on se dit que la mort le surprendra dans cet état.

» Ces petites scènes, indépendamment de leur force comique — les acteurs sont remarquables — et de leur prétendue signification, dégagent une impression d'étrangeté que dissipe en partie la première apparition du héros, Gylos, un bel homme dans la force de l'âge, énergique dans ses gestes et dans ses propos. Il habite à l'autre extrémité du village par rapport à la maison du Doyen. Il dîne avec sa mère dans une grande cuisine sombre et parle avec elle de son départ du lendemain. La mère semble heureuse et inquiète à la fois.

» Retour chez le Doyen. Les quelques mots échangés avec l'homme à la cagoule l'ont abattu. Il geint auprès de sa servante, se plaint d'être fiévreux, la prie de l'aider à se déshabiller. Il veut se coucher tôt, bien qu'il soit certain de ne pas fermer l'œil de la nuit : comment dormir avec le souci de la visite de Gylos le lendemain ? Que lui dira-t-il pour justifier sa dérobade ? Il enfile un bonnet de nuit décoré de franges et de pompons, et d'une longueur tellement exagérée qu'il force le rire, puis il se met au lit. La servante éteint la lumière et se retire.

» Le lendemain dans la matinée, Gylos arrive chez le Doyen. Il s'inquiète de sa mauvaise mine, lui trouve les traits tirés, les yeux bouffis : aurait-il passé une mauvaise nuit ? Le Doyen proteste qu'il n'a jamais si bien reposé. Après quelques banalités d'introduction, il explique à Gylos qu'il lui faudra attendre pour l'autorisation, qu'il a fixé le jour sans réfléchir assez, qu'il n'en a pas rédigé depuis longtemps et qu'il a besoin de consulter de nombreux livres et documents, sinon elle ne sera pas conforme. Gylos devine sa mauvaise foi. Malgré ses questions de plus en plus pressantes et de moins en moins respectueuses, il ne parvient pas à connaître la cause véritable de son refus. Le Doyen se borne à lui répéter : "Dans huit jours, Gylos, dans huit jours ce sera possible. Ne peux-tu patienter jusque-là ?" Comme s'il craignait de se mettre en colère, Gylos s'en va brusquement sans dire au revoir.

» Il est presque arrivé chez lui lorsqu'il rencontre la servante du Doyen, chargée d'un grand panier plein de fruits. Il lui sourit sans rien laisser paraître de sa contrariété et lui offre son aide. Elle accepte. Elle n'est pas insensible à son charme. Lui connaît son rôle de confidente auprès du Doyen et il l'interroge habilement pendant le trajet. Il lui passe un bras autour de la taille, l'entraîne derrière une haie pour l'embrasser. Ses caresses excitent la jeune fille, la font haleter. (Solige est très misogyne.) Elle perd toute retenue, toute prudence, et bientôt elle lui avoue les menaces dont son maître a été l'objet. Gylos lui rend aussitôt son panier et se précipite chez le Doyen où il entre sans frapper.

» Plein de rage, il lui dit : "On t'a menacé, eh bien sache que je te menace, moi aussi ! Je reviendrai bientôt et j'aurai mon autorisation, ou il t'en coûtera cher. C'est nous, les gens du village, qui t'avons mis à notre tête, et ton rôle est de nous aider, mais tu n'es qu'un vieillard craintif et impuissant, un geste du Château suffit à te faire trembler." Il part en claquant la porte et n'a pas un regard pour la servante qui arrive à ce moment.

» En larmes, elle avoue son indiscrétion au Doyen qui l'insulte et la bat. Il crie que maintenant, il est pris entre deux feux. Il la charge d'aller répandre à travers le village la nouvelle qu'il est malade. A son retour, elle fermera la porte à clef et n'ouvrira à personne jusqu'à la fin de l'affaire. Il va d'ailleurs se mettre au lit, cette nouvelle émotion l'a achevé.

» L'après-midi du même jour, dans la triste cuisine de Gylos. Sa mère et lui ont compris ce que signifient les menaces du Château et s'interrogent sur la conduite à suivre. Gylos est d'avis de prévenir un certain Virgil qui l'a tiré de plus d'un mauvais pas, qui a su parfois lui épargner des ennuis aussi sûrement que s'il les avait prévus. Malgré quelques réticences, la mère est d'accord, mais il ne saurait être question qu'il y aille lui-même : Virgil habite dans la montagne, au bout d'un long chemin propice aux embuscades. Ils conviennent d'envoyer le jeune fils d'un voisin, Roland, avec la mission de ramener Virgil. La mère va chercher Roland. Gylos lui explique ce qu'il attend de lui et l'engage à partir sur-le-champ. Au moment de se séparer, il lui passe la main dans les cheveux et l'encourage d'un sourire. Roland s'en va.

» Le lendemain matin, à la première heure, Roland est de retour accompagné de Virgil. Virgil (dont le rôle était tenu par Solige en personne) a le même geste que Gylos pour renvoyer le jeune homme ; il lui passe la main dans les cheveux en le remerciant de s'être bien acquitté de sa tâche. Puis il frappe chez Gylos.

» Les deux hommes manifestent longuement leur joie de se retrouver. Gylos expose sa situation. Virgil assure qu'il va tout faire pour savoir ce qui se trame au Château. Il partira après le repas de midi et repassera le soir même pour rendre compte de son enquête. Malgré une timide question de Gylos, il ne donne aucun détail sur la manière dont il va procéder. Gylos et sa mère semblent lui témoigner un grand respect.

» L'après-midi, départ de Virgil : il apparaît vite qu'il se rend au Château. Il traverse de magnifiques paysages, on aperçoit souvent la mer dans le lointain, la caméra s'en donne à cœur joie. La masse menaçante de la forteresse est bientôt proche. C'est le seul moment un peu angoissant du film, mais Virgil marche sans peur, il semble un familier des lieux.

» La porte du Château s'ouvre dès qu'il a crié son nom. Il pénètre dans une grande cour où la lumière du soleil semble plus intense, comme plus concentrée. De nombreuses Cagoules Rouges y sont réunies en petits groupes. Il demande à voir le Maître. Deux hommes le conduisent sans discussion par de sombres couloirs au plus profond du Château, s'arrêtent devant une large porte à deux battants. Ils frappent et l'introduisent. On ne le suit pas à l'intérieur de la pièce.

» La caméra revient dans la cour et se déplace en un sinueux travelling parmi les hommes de main du Maître. La plupart jouent aux dés, les autres s'entraînent au maniement du poignard ou sont absorbés avec le plus grand sérieux dans de futiles conversations. L'image s'attarde plus longuement sur deux d'entre eux. Le premier demande à son camarade : "Peux-tu me dire l'heure qu'il est ?" L'autre écarte les bras et rejette la tête en arrière comme pour signifier : "Mais bien sûr que je peux te dire l'heure." Son attitude béate est tellement expressive qu'on croit le voir sourire d'une oreille à l'autre sous sa cagoule. "Il suffit que je regarde ma montre", dit-il, et il relève légèrement sa manche gauche. La montre n'y est pas. Il se dénude l'avant-bras, puis le bras tout entier, pas de montre. Il se livre alors à la même opération sur son bras droit, puis se baisse pour examiner ses chevilles, remonte son pantalon jusqu'au-dessus des genoux, toujours sans trouver la montre. La colère le prend. Il se dévêt entièrement devant son compagnon impassible et la découvre enfin, attachée autour de son sexe. Soulagé, il fait savoir d'un ton claironnant qu'il est seize heures et, laissant la montre là où elle est, il se rhabille avec des gloussements de satisfaction. La scène est drôle. L'acteur a des dons de mime certains.

Il s'interrompit, comme s'il attendait une intervention de ma part et qu'il en eût besoin pour continuer. Je lui posai la question qu'il espérait sans doute :
— Et qui est cet acteur ?
— J'ignore son nom. Je n'ai eu que peu de rapports avec les membres de l'équipe, sauf avec Solige, évidemment. Je n'ai même jamais vu certains d'entre eux.

Nous bûmes, moi du jus de pomme et lui du cognac, en quantité sensiblement égale. Un doute m'avait assailli à plusieurs reprises : la solitude ne l'avait-elle pas rendu fou, et n'était-il pas en train d'inventer l'histoire qu'il me racontait ? Il semblait vivre dans un monde à part. Depuis le début de notre entretien, j'avais l'impression curieuse et de plus en plus nette que ma présence ne comptait pas pour lui, qu'il me voyait à peine, que je n'avais pas plus — ou que j'avais autant — de réalité à ses yeux que les personnages dont il me parlait, et que ma seule utilité était de provoquer un discours qu'il s'adressait en fait à lui-même (et dans lequel il se projetait tout entier). Mais peut-être ma supposition était-elle injuste et m'attribuait-il un moins piètre rôle.

Il reprit :

— Donc, pendant que Virgil s'entretient avec le Maître, Gylos et sa mère continuent de s'inquiéter. La mère n'a pas entière confiance en Virgil, dont on se dit trop tôt, à mon avis, qu'il a un rôle ambigu. Sans sous-estimer l'aide qu'il peut apporter à son fils, elle pense que deux précautions valent mieux qu'une et que la connaissance exacte des intentions du Maître ne lui servira de rien sans la possibilité de quitter le village. Aussi lui suggère-t-elle un plan qui l'effraye d'abord, mais auquel il se rend peu à peu et d'autant plus volontiers qu'il y a lui-même pensé : aller chez le Doyen et l'obliger, fût-ce par la violence, à rédiger l'autorisation. Ils conviennent de ne rien dire à Virgil. Ils parlent à voix basse. Ils auraient tout le village contre eux si l'on apprenait leur projet inouï, unique dans les annales de la petite communauté. Ils fixent le lendemain soir pour sa réalisation. D'ici là, Virgil aura sans doute le temps de leur procurer ses renseignements.

» Pour pénétrer chez le Doyen, dont ils ont appris la maladie et le refus d'ouvrir sa porte, ils mettent au point le subterfuge suivant : un oncle de Gylos a cessé tout travail depuis plusieurs mois et passe son temps à se promener sur la plage, à s'enivrer et à dormir. Il n'est donc plus en mesure de payer la redevance mensuelle au Doyen, envers qui il a une dette énorme. Gylos lui fera don d'une partie de cette somme. Sa mère et lui

49

l'accompagneront chez le Doyen sans lui révéler le but véritable de la démarche. Le vieillard, dont l'avarice est bien connue, ne résistera pas au désir de récupérer son argent : il dira à sa servante d'ouvrir la porte. L'oncle entrera, la mère entraînera la servante à l'écart et Gylos pourra entrer à son tour. Il décide d'aller trouver son oncle sans tarder. Il sort.

» Au même instant, Virgil quitte le Château et revient au village, l'air préoccupé. Gylos et lui se rencontrent dans la rue principale. La mère, qui guettait à la fenêtre, accourt vers eux. Virgil leur dit qu'il en saura davantage le lendemain seulement. Qu'ils n'entreprennent rien et qu'ils lui envoient Roland : dès que lui, Virgil, saura quelque chose, le jeune homme reviendra en hâte les prévenir. Il les laisse à leur déception. Gylos dit à sa mère que l'oncle est d'accord pour le lendemain à la tombée de la nuit. L'idée de leur entreprise hasardeuse ne semble guère les réconforter.

» Le lendemain. Le jour se lève sur le Château. Le Maître réunit une dizaine de ses hommes dans la pièce où il a déjà reçu Virgil. C'est une salle immense et absolument vide. On ne voit pas le Maître, on l'entend seulement parler d'une voix basse et égale. Il donne l'ordre aux Cagoules Rouges de s'emparer de Gylos cette nuit même, ainsi en a-t-il décidé. L'un d'entre eux ira repérer à l'heure de midi un point de ralliement où ils se rendront un par un, pour ne pas éveiller l'attention, et d'où ils pourront surveiller la maison de Gylos. Ils attendront pour agir que le village soit plongé dans le sommeil. Il envoie aussi un messager avertir Virgil de ces dispositions. Quand l'homme quitte la pièce, on aperçoit furtivement le Maître, qui porte une cagoule blanche.

» Au même moment, Gylos confie à Roland sa nouvelle mission. Le jeune homme manifeste un véritable enthousiasme à le servir. Il se met en chemin.

» Gylos rentre chez lui et se prépare à attendre le retour de Roland et l'arrivée de son oncle. La matinée passe. On assiste au travail des paysans dans les champs

— c'est la saison des blés —, on revoit certains personnages secondaires, le père irascible qui boit du vin au goulot à l'ombre d'une haie, l'enfant à la coqueluche qui tousse moins mais dont le bras est entouré d'un énorme bandage, l'homme aux flocons d'avoine dont la mastication obstinée est toujours impuissante à faire jaillir le souvenir.

» Vers une heure, quand tout le village est à table ou s'apprête à faire la sieste, une Cagoule Rouge explore une masure inhabitée qui se trouve à une cinquantaine de mètres de la maison de Gylos.

» Roland marche à travers les collines et les vergers. Il avance péniblement, accablé de chaleur et de fatigue. La demeure de Virgil est aussi loin du village que le Château et dans la direction opposée, mais l'envoyé du Maître, plus vigoureux et mieux entraîné, y parvient en même temps que lui. Ils font un bout de route ensemble. Le jeune homme est d'abord effrayé. Au village, on connaît l'existence des Cagoules Rouges, mais on ne les voit pour ainsi dire jamais. Leurs opérations sont secrètes. L'homme élude les questions de Roland sur ses activités, son poignard, sa cagoule, mais il se montre bienveillant à son égard et ils arrivent chez Virgil bons amis.

» Virgil, qui habite seul une petite maison, se montre contrarié par la présence simultanée des deux hommes. Il s'isole quelques instants avec la Cagoule Rouge, puis il renvoie immédiatement Roland avec un message : que Gylos reste enfermé chez lui jusqu'au lendemain et qu'il n'en bouge pas, il recevra bientôt sa visite. On comprend qu'il est indécis, qu'il n'obéit qu'à regret aux ordres du Maître. Sans l'homme du Château, il aurait peut-être donné un message différent ou même se serait rendu en personne chez Gylos, mais après le départ de Roland, l'autre reste auprès de lui comme pour le surveiller.

» Vers la fin de l'après-midi, l'oncle arrive au village. Ses habits déchirés, sa démarche traînante et son visage caché par la barbe et les cheveux le font paraître plus vieux que son âge réel. Les Cagoules Rouges sont maintenant au complet dans la maison abandonnée qui leur sert d'observatoire, et Roland, à bout de forces, presse le pas pour un dernier effort : le village est tout proche. C'est alors qu'il rencontre la servante du Doyen. Lasse de rester enfermée, elle a désobéi à son maître et s'est octroyé quelques instants de liberté. Elle s'occupe en cueillant des poires. Dès qu'elle aperçoit Roland, elle l'appelle et lui demande de l'aider. Il lui répond qu'il n'a pas le temps, mais il vient tout de même près d'elle. La sensualité de la jeune fille est irrésistible. Elle le soûle de paroles, lui sourit sans cesse, prend des poses provocantes, ébauche des gestes de tendresse. Roland, que la fatigue rend lascif et dont c'est sans doute la première approche sérieuse d'une personne de l'autre sexe, ne résiste pas à ces attaques à la fois brutales et bien menées.

» On les voit s'allonger dans l'herbe l'un contre l'autre. Une série de fondus enchaînés indique qu'ils s'étreignent. La nuit tombe.

» Cependant, découragé par l'absence du jeune homme, Gylos décide d'exécuter son plan sans plus tarder. Il dissimule un poignard sous sa veste de toile, met dans sa poche la bourse en cuir qui servira d'appât et, suivi de sa mère et de son oncle, il sort par une porte qui donne derrière la maison et qu'ils n'utilisent plus depuis longtemps. Elle est recouverte de végétation, ils ont du mal à l'ouvrir. Ils avancent dans un étroit passage qui se faufile entre les maisons et les conduit dans la campagne.

» A partir de là, un montage alterné (procédé dont Solige abuse, à mon avis, tout au long du film) nous permet de suivre les actions parallèles de Gylos, de Roland et des Cagoules Rouges. Roland reprend ses sens, quitte sa maîtresse et part au grand galop porter son message. Les Cagoules, étonnés de ne pas voir de lumière à la fenêtre de Gylos, malgré la nuit qui s'épaissit, décident de brusquer les choses : le risque d'être surpris est douteux, la colère du Maître certaine s'ils reviennent bredouilles. En trois bonds furtifs, l'un d'eux est à la porte de la maison. Il frappe, attend, frappe à nouveau, puis siffle doucement pour appeler ses compagnons.

» C'est alors qu'arrive Roland. Il les voit se diriger vers la maison de Gylos, un rayon de lune fait briller leurs poignards. Ils ont tôt fait de pénétrer à l'intérieur. Roland s'approche à son tour et guette. Les jurons et les bribes de phrases qu'il entend l'avertissent que Gylos n'est pas chez lui et qu'un grand danger le menace. Affolé, ne sachant que faire, il part à sa recherche à travers le village. Les Cagoules Rouges ont fouillé partout. Ils se demandent s'ils doivent attendre le retour de Gylos — mais reviendra-t-il? — ou mettre le village sens dessus dessous pour tenter de le retrouver le plus vite possible. Gylos, lui, est arrivé chez le Doyen par des chemins détournés. Son plan réussit : on ouvre à l'oncle sans trop de difficultés, bien qu'on lui crie d'abord de déposer l'argent contre la porte et de s'en aller, mais il exige un reçu. La mère prend la servante à part et lui dit que Gylos pense à elle comme épouse, qu'elle perd sa jeunesse à servir un vieillard ; et d'ailleurs, le Doyen est-il toujours gentil avec elle? A ces mots, la jeune fille fond en larmes : elle vient d'essuyer des injures et des coups en punition de son escapade. Elle a sans doute oublié Roland, ses yeux brillent quand on lui parle de Gylos. Celui-ci pénètre chez le Doyen, monte dans sa chambre et le trouve assis sur son lit en conversation avec l'oncle. Dès qu'il le voit, le Doyen donne une fois encore la preuve d'une vigueur et d'une vivacité surprenantes : il jette à terre sa lampe de chevet qui s'éteint et il bondit hors de son lit. Une grande confusion s'ensuit. Gylos se débat dans l'obscurité avec son oncle, qu'il prend pour le Doyen. Le vieillard en profite pour se précipiter dans l'escalier. Les deux femmes ébahies le voient passer devant elles, tout blanc dans sa chemise de nuit et rapide comme un garnement. Son long bonnet de nuit se prend dans ses jambes, il trébuche plusieurs fois, mais il gagne tout de même le jardin en un clin d'œil et arrive près du gong qu'il fait résonner à toute volée.

» Trois coups ont déjà retenti quand Gylos le rejoint et le tue. La servante sanglote de plus belle. La mère est frappée de stupeur. Seul l'oncle n'est pas affecté par les événements. Il se réjouit de la mort du Doyen, fait entendre un rire gras d'ivrogne et prend le parti de s'éloigner au plus vite. Gylos, de dos, le poignard à la main, est immobile près du corps.

» Les coups de gong ont mis le village en émoi. Les gens sortent dans la rue où ils trouvent les Cagoules Rouges également alertés. Cris de frayeur, bousculade : on croirait une émeute. Tout le monde remonte bientôt la rue principale. Roland, qu'une course désordonnée a conduit tout près de la maison du Doyen, est le premier sur les lieux. En deux mots, il raconte ses mésaventures à Gylos et lui demande pardon. Gylos comprend que Virgil l'a trahi et qu'il ne peut plus maintenant compter sur personne. Il décide de fuir dans la seule direction où on n'aura pas l'idée de le poursuivre, vers la mer. La servante se jette à son cou et le supplie de l'emmener avec lui, puis c'est Roland qui lui fait la même demande. Il refuse. Il embrasse sa mère, leur conseille à tous trois de partir au plus vite, et il s'en va seul. La dernière image nous le montre sur une petite barque à voile qui s'éloigne vers le large.

— Voilà, c'est tout.
— Et c'est alors que vous n'avez plus voulu du rôle de Gylos ?
— Oui. J'étais épuisé par ce travail d'acteur dont je n'avais pas l'habitude. Mes rapports avec Solige étaient de plus en plus tendus, je me suis fâché avec lui et je suis parti.

Il vida son verre d'un trait.

— Il me reste à vous raconter la fin prévue par Solige. Mais je vais d'abord ouvrir la porte-fenêtre, il fait une chaleur intolérable. Excusez-moi.

Il se leva. Je profitai de ce qu'il avait le dos tourné pour enfiler ma cagoule blanche et tirer un poignard de sous ma veste en toile. Albert Solige écarta le rideau derrière lequel il était caché depuis le début avec une petite caméra qui n'avait pas cessé de fonctionner un seul instant, et il put achever son film.

LA RUSE

« Adieu, Nic », me dis-je en quittant La Escala dans la voiture neuve, au capot démesuré. La mer était d'une immobilité parfaite, et le petit port, bien que l'horloge du *Caravella* marquât neuf heures, désert.

J'étais arrivé deux semaines auparavant, le jour du Jeudi saint, avec pour tout bagage une valise cabossée où voguaient à leur aise une boule de sous-vêtements et quelques objets de toilette. J'avais consacré le peu d'argent découvert au fond de mes poches à l'achat d'un paquet de cigarettes longues, brunes et fortes. Il ne me restait rien. De plus, je venais de parcourir à pied la vingtaine de kilomètres qui séparent Estartit de La Escala, et cette marche contre la tramontane avait eu raison de mes dernières forces. La fatigue et l'indigence mettaient un terme à mon voyage obstiné. Pour la première fois, j'eus la tentation de faire une halte dont la longueur et les charmes me permettraient de prendre un nouveau départ. Mais il me fallait de l'argent.

L'endroit me plut. J'aimai sans réflexion la petite baie, le demi-cercle des cafés où se concentrait l'animation du village — le *Caravella*, surtout, qui étalait ses chaises jusqu'au bord de la mer —, et l'éventail des ruelles en pente douce que je pouvais observer de la marche où je m'étais assis, fumant avec délices et m'interrogeant sur les moyens de mettre mon projet à exécution. J'avais soif. Je rêvais d'un lit confortable où m'étendre.

Le hasard me servit. Un homme sortit d'une banque avec une serviette de cuir noir. Je le suivis machinalement des yeux. Il remonta une ruelle, s'arrêta près de sa voiture et revint s'asseoir à la terrasse du *Caravella*, les mains vides. L'envie d'une boisson fraîche m'obsédait. Je décidai de m'installer moi aussi : un seul garçon s'occupait de tous les consommateurs, et je pensai qu'il serait aisé de m'esquiver discrètement après avoir bu. Je trouvai une table libre à côté de l'homme. Je l'entendis parler avec sa famille. C'était un Anglais. Ses clefs de voiture étaient posées près de son verre. Un de ses deux enfants, assis sur ses genoux, les fit tomber dans le sable. Personne n'y prit garde. C'est alors que l'idée me vint : je les ramassai sans être vu puis je partis aussitôt, retrouvai la voiture et dérobai la serviette en cuir. Elle contenait quinze mille pesetas, qui passèrent dans ma propre valise.

J'achetai immédiatement quelques habits, des chaussures légères et des lunettes de soleil.

Un coiffeur maladroit coupa ma barbe et raccourcit mes cheveux. Sa façon brutale de manier le ciseau me donna l'impression d'une séance de torture, comme si les touffes de poils qui s'accumulaient autour du siège étaient des parties vivantes de mon corps. Je fus soulagé de sortir.

Je devais maintenant me loger. J'entrai dans une agence de tourisme où j'expliquai ce que je désirais. On me comprenait mal. Les Français étaient rares en cet endroit de la côte. L'interprète qu'on fit venir d'une arrière-salle s'exprimait dans ma langue avec une syntaxe si chaotique et un accent si marqué que je lui demandai de parler espagnol : la conversation en fut facilitée. Je me décidai — trop vite — pour un studio dans un petit immeuble près de la mer, à quelques centaines de mètres du village. Avec la plus grande politesse, je coupai court aux explications de l'interprète et lui suggérai de me faire un plan. Je payai d'avance quinze jours de location.

J'avais oublié ma soif. Avant de me rendre à mon nouveau logis, je pris le temps d'absorber un demi-litre de mauvaise bière au *Caravella*. Ma victime se faufilait entre les tables, presque rampant, à la recherche de ses clefs. Je les avais laissées bien en vue sur le siège de la voiture.

L'immeuble — *Apartamentos la Rubina*, comme l'indiquait en lettres pâles une pancarte à peine visible —, était posé, solitaire, à l'extrémité d'un long terrain nu. Je regrettai aussitôt mon choix. Bien que je n'eusse fait que quelques pas, je me sentais loin du village. Je me consolai quand je vis que le studio donnait sur la mer toute proche. Les plages étaient l'unique endroit où je m'accommodais de la solitude, et celle que j'aperçus n'était apparemment fréquentée que par des locataires de l'immeuble. Après une toilette prolongée, je me couchai et dormis dix heures d'affilée.

Le bruit du vent m'éveilla en sursaut. Il venait de la mer et s'acharnait sur les volets métalliques, qui s'agitaient comme si quelqu'un les secouait de l'extérieur. J'étais en sueur. Je pris une douche et me rendis au village. Il faisait nuit.

J'entrai d'abord dans un restaurant où je dînai avec voracité. Puis je demandai au garçon s'il pouvait me fournir une liste des boîtes de nuit de La Escala. (C'était un pis-aller, mais j'avais besoin de foule. L'idée de m'être fixé pour quinze jours en un même lieu me plongeait dans le désarroi.) Le garçon ne me comprit pas, m'apporta aimablement de la bière, de la moutarde, une serviette en papier, voulut m'entraîner vers les toilettes.

— Night-clubs, dis-je enfin.

Son visage s'éclaira. Il refusa le stylo et le papier que

je lui tendais, alla chercher un plan sommaire du village qui servait aussi de publicité pour le restaurant, et le cocha en plusieurs points. Je remerciai et sortis.

En raison du Jeudi saint, toutes les boîtes de nuit étaient fermées, sauf une, la *Nança*, où l'on faisait entendre de la musique classique.

Les gens parlaient et buvaient, réunis en petits groupes. La plupart étaient allemands. Je remarquai aussi quelques Anglais, des Scandinaves et de rares Espagnols, mais point de Français. Je restai assis à une table, seul devant un grand verre d'orangeade à peine parfumée de vodka. La décoration de la salle ne manquait ni de charme ni d'intérêt. Je m'étais installé dans la partie ordinairement réservée à la danse, celle où se trouvaient les haut-parleurs. J'écoutais la musique, l'esprit libre de toute préoccupation. Je ne m'étais pas senti si bien depuis longtemps. J'attendis sans ennui trois heures du matin et je rentrai chez moi.

A ma grande surprise, je constatai que j'avais sommeil. Je m'endormis sans peine et ne m'éveillai qu'au milieu de la matinée.

Le vent soufflait toujours. Je descendis prendre un café au bar de l'immeuble. Deux garçons jouaient au ping-pong. Ils parlaient allemand. Ils ne me prêtèrent aucune attention, interrompirent leur jeu au bout de quelques instants et partirent en direction de la plage. Je les suivis.

J'y trouvai plus de monde que je n'aurais souhaité. La plage était sans doute le lieu de rassemblement des locataires de la *Rubina*. On s'apostrophait d'un groupe à l'autre, on bavardait, les enfants de familles différentes jouaient ensemble. Tous étaient allemands. Je m'étendis et me posai un mouchoir sur la moitié du visage. Je ne voulais exposer au soleil que mes joues : ma barbe les avait jusqu'alors protégées et elles étaient blêmes, formant avec le reste de ma peau un contraste des plus laids.

L'après-midi, je dormis encore. Une somnolence irrésistible, que la fatigue seule n'expliquait pas, s'empara de moi jusqu'au soir, et il en fut de même les jours suivants. Un rythme nouveau régla l'alternance de mes veilles et de mes sommes sans qu'il me fût possible de m'y opposer. Je m'éveillais tôt le matin, j'allais à la plage et j'en partais quand arrivaient les premiers Allemands, puis je me rendais au village où j'attendais l'heure du repas, fumant de longues cigarettes à la terrasse du *Caravella*. Après le déjeuner, je n'avais que la force de retourner chez moi et de me jeter sur mon lit. Ma sieste durait jusqu'à la nuit tombante. Je devais remonter à l'enfance pour me souvenir de sommeils aussi faciles, aussi profonds, aussi reposants. Non seulement je ne m'en inquiétai pas tout d'abord, mais je me réjouis d'accumuler des réserves de repos qui me permettraient d'affronter sans peine les fatigues de mes errances futures.

Le soir du Vendredi saint, il y eut encore de la musique classique à la *Nança*, où j'arrivai dès l'ouverture. Des disques étaient posés sur le bar. Je les examinai. J'en choisis certains que je plaçai sur le dessus de la pile, encouragé par une grimace du jeune Espagnol dont le travail était de les passer. Quand il ne manipulait pas les boutons de réglage de ses appareils, il buvait de l'alcool et tentait d'obtenir quelques privautés d'une Danoise plus grande que lui de deux têtes. Assis à la même table que la veille, seul devant une orangeade à laquelle je m'efforçais vainement de trouver un arrière-goût de vodka, j'écoutai béatement, cette nuit-là, six concertos de Jean-Sébastien Bach.

Je retournai à la *Nança* le lendemain. Une foule excitée se pressait aux portes bien avant l'heure d'ouverture. Tous étaient impatients de retrouver le bruit et la fureur dont ils avaient été privés pendant deux jours.

La soirée commença. L'Espagnol qui mettait les disques — il s'appelait Jorge — n'était pas le moins exalté. Il trépignait comme un diable derrière son bar, buvait verre après verre et risquait des gestes de plus en plus audacieux vers la grande Danoise qui les accueillait complaisamment sans interrompre ses ondulations disgracieuses. Il me reconnut et me servit lui-même ma consommation. Il fut généreux en vodka.

Témoin immobile, je me laissai imprégner de l'électricité stridente et convulsive dont l'air était chargé. La salle prit peu à peu l'aspect d'un aquarium où se mouvaient des grappes de serpents torturés, mon esprit se vida, les sons et les couleurs ne m'affectèrent plus qu'avec la mollesse lointaine des rêves, et ce fut comme si le sommeil, tapi jusqu'alors dans le studio triste où il m'assaillait dès mon entrée, m'avait agrippé avec tant de force que je devais maintenant le traîner partout avec moi, plus pesant d'heure en heure.

Cependant que je rentrais chez moi, une sourde inquiétude me gagna et ne me quitta plus. Un événement dont je devinais l'approche fatale m'enveloppait déjà dans son plus grand cercle d'angoisse.

Dans le courant de la deuxième semaine, je sombrai dans un état de léthargie d'autant plus effrayant que je l'accueillis avec indifférence. A tout autre moment de ma vie, j'aurais quitté à la hâte ces lieux de dépossession — et qu'avais-je fait jusqu'à ce jour, durant mon long voyage, sinon me fuir au premier signe de mort? —, mais toute idée de lutte m'abandonna. Je retrouvais une certaine lucidité le matin, sur la plage (j'avais gardé l'habitude de mes visites quotidiennes à la mer), et le soir, quand je marchais vers le village après une demi-journée de sommeil, mais il n'en résultait qu'une confrontation sans issue entre mon désir de fuite, en lequel je me reconnaissais douloureusement, et la constatation horrifiée qu'une force étrangère me retenait. Un morne apaisement suivait ma défaite.

Il arriva pourtant que la mer sembla répondre aux angoisses fidèles dont elle était chaque matin le témoin et qu'une promesse informulable se dessina dans le souffle agité de ses vagues, il arriva aussi qu'un soir, à la *Nança*, une adolescente aux cheveux blonds que j'invitai à danser comme pour me retenir au monde me répondit dans ma langue. La surprise et la joie m'arrachèrent à moi-même, et me rendirent sans doute importun : j'oubliai la danse et lui parlai toute la soirée, malgré le bruit. Elle m'écouta sans impatience, me sourit parfois, et resta presque constamment silencieuse. Je n'osai pas lui demander où elle habitait à La Escala. Quand vint le moment de se séparer, je ne savais d'elle que son prénom, et qu'elle serait peut-être à la terrasse du *Caravella* le lendemain à midi.

Mon excitation tomba d'un coup dès que je l'eus quittée, le sommeil m'assaillit sur le chemin du retour et je dormis cette nuit comme si la rencontre n'avait jamais eu lieu.

Le lendemain, mon désir de la revoir était à la fois farouche et lointain. J'écourtai ma promenade sur la plage et j'allai m'installer au *Caravella* d'où je ne bougeai pas jusqu'à midi. Fumant sans discontinuer les délicieuses cigarettes brunes auxquelles je m'étais si bien habitué, observant mes voisins — je reconnus les Anglais à qui je devais mon train de vie inhabituel, je répondis à la grimace de Jorge sur les cheveux de qui reposait la joue gauche de son interminable Danoise —, épiant les nouveaux venus, j'attendis encore une heure. Elle ne vint pas.

Dès lors, je passai une partie de mes journées à la chercher en vain. Je parcourus mille fois le réseau compact et secret des ruelles de La Escala, je connus chaque maison, presque chaque visage. Souvent, je crus voir sa chevelure, tache blonde et fugitive qui disparaissait, à peine aperçue, à l'angle d'une maison basse. Je me précipitais alors et je découvrais que ce n'était pas elle ou, pis encore, que la rue dans laquelle je débouchais, haletant, était déserte. J'examinais chaque entrée, il m'arriva même de frapper aux portes. Je finis par me dire que ce jeu cruel n'était qu'un rêve agité, une illusion dont le sommeil se plaisait à m'irriter et que je prenais pour la réalité. Ce doute m'obséda jusqu'au dernier jour.

C'était le matin. Je me regardai dans la glace, au bar de l'immeuble. Mon visage était uniformément bronzé. Je partis en direction de la mer, je la contemplai longtemps. Le poids de certitudes toutes proches m'accabla. Je pensais à l'adolescente de la *Nança*. J'avais peine à croire qu'une passion vague et vaine comme un amour d'enfant pût me solliciter avec autant de force. Ma quête n'avait-elle pas pour unique objet de me rassurer moi-même, et douter d'un sourire, d'une blondeur que j'avais encore devant les yeux, n'était-ce pas douter de ma propre vie ? La plage était déserte, la mer immobile. Le vent s'était enfin calmé.

J'allumai une cigarette. Quand je relevai la tête, je vis une longue voiture neuve, comme venue de la mer, pointant vers moi son capot anonyme. Le moteur ronronnait. Je compris. Je n'eus que quelques mètres à franchir.

QUATRE RÉCITS

Dire que nous nous connaissions bien, non, ce n'était peut-être qu'une illusion, mais chacun de nous s'adressait familièrement aux autres, les appelait par leurs prénoms, se permettait des gestes et des remarques qui laissaient supposer une certaine intimité — communauté serait plus juste — de quelque nature qu'elle fût.

Il y avait là (là : une petite maison tranquille et richement meublée à l'écart de la ville) le pédant Grégoire, arrogant, sans-gêne, qui savait tout ou croyait tout savoir ; Pascal, le plus nerveux, le plus superficiellement inquiet, remuant comme un jeune chien ; le doux, l'intelligent Joseph, et moi, Vincent.

La conversation, dès le début de la soirée, s'était portée d'elle-même sur le thème du Destin dans la littérature fantastique, thème qui nous passionnait, que nous trouvions excitant pour l'esprit, esthétiquement riche, propice à d'infinies variations. Nous parlâmes des manières différentes dont il s'incarnait dans quantité d'œuvres célèbres. Grégoire, demeuré longtemps silencieux, mit fin à notre euphorie en soulevant le problème de ses fondements philosophiques ou religieux : étions-nous semblables aux personnages des œuvres dont nous parlions, l'univers n'était-il qu'un grand livre où nos destins étaient déjà inscrits ? D'accord dans l'enthousiasme, nous le fûmes aussi dans le scepticisme : nous refusions catégoriquement une telle idée. Elle révoltait Pascal, qui manifestait son agitation en buvant au goulot le cidre délicieux dont nous régalait Grégoire.

Joseph appuyait nos arguments de citations variées qu'il puisait dans son érudition sans faille. Il nous rappela l'opinion du poète argentin selon lequel l'art n'est pas un reflet du monde, mais un élément que les hommes ajoutent au monde : lui-même en pensait tout autant de la philosophie.

— Le sens de l'univers nous échappe, approuvai-je.

— Nos imaginations ne sauraient atteindre la nature des choses, renchérit Pascal.

— Alors, pourquoi vous complaire à ces imaginations ? dit Grégoire.

— Par jeu, dis-je.

— Oui, par jeu, dit Pascal.

— Tout de même, un jeu dangereux, dit Joseph. Pensez au sorcier de Novalis...

— Quel sorcier ?

— « Le plus grand des sorciers serait celui qui s'ensorcellerait au point de prendre ses propres fantasmagories pour des apparitions autonomes. » Ne serait-ce pas là notre cas ?

— Pas si nous avons conscience qu'il ne s'agit que d'un jeu.

— Méfions-nous. Nos fantaisies sont peut-être sans rapport avec la nature des choses, mais elles peuvent contaminer notre vie sans que nous y prenions garde, au point de se confondre avec elle.

— Un jeu, un jeu, un jeu ! dit Pascal en trépignant, et je trépignai avec lui, et nous frappions du pied comme des enfants rageurs.

Joseph eut un sourire amer, Grégoire un franc ricanement :

— C'est bien, dit-il, jouons à imaginer que tout est écrit d'avance. Je commence : les paroles que vous allez prononcer sont déjà écrites, puisqu'il s'agit de récits fantastiques de votre cru et que chacun de vous va lire son œuvre à haute voix. Allez-y, ouvrez vos cartables et lisez !

L'effet fut prodigieux. Comment pouvait-il savoir ? Passe encore pour Joseph et Pascal, il avait pu (bien que leur surprise parût égale à la mienne) se concerter d'avance avec eux, mais pour moi ? Nous nous regardâmes, gênés, bredouillant de confusion, fâchés aussi contre lui.

Mais enfin, c'était un jeu.

— Quelle bonne plaisanterie ! dit Pascal avec un rire forcé. Mais comment avez-vous pu ?...

— Ah ! C'est un jeu... Qui dit jeu dit attente, révélation différée... A vos cartables, messieurs !

Il tapota l'épaule de Joseph pour l'encourager. Nous sortîmes nos textes avec des moues contrariées d'enfants pris sur le fait. Une rougeur intense ne quittait pas le front et les joues de Joseph.

— Parfait, dit Grégoire, qui commence ?

Nouvelle tension, nouvelle gêne. Chacun piqua du nez, comme pris d'un intérêt soudain pour le dessin du tapis que nous avions sous les pieds. Pascal se leva même et prit du recul pour en avoir une vue d'ensemble.

— Vincent, voulez-vous ?

Je sursautai.

Mais pourquoi non, puisqu'il le fallait ? Nous ne pouvions maintenant nous dérober à un jeu dont nous avions vanté les charmes et soutenu l'innocuité.

Je m'abritai derrière mes feuillets et commençai à lire :

— « Le vieil Auguste Augustin était fier à juste titre de sa compétence dans son métier. Depuis... »

— Pourriez-vous lire un peu plus fort, s'il vous plaît ? dit Joseph.

— Et moins vite, dit Pascal, on ne comprend rien.

— Et le titre ? dit Grégoire.

— Il faut un titre ?

— Absolument.

— Attendez... Je n'y avais pas songé. Un titre... *Le Tableau ? Le Tableau.*

LE TABLEAU

Le vieil Auguste Augustin était fier à juste titre de sa compétence dans son métier. Depuis qu'il réparait des tableaux à Liérès, la grande ville du Sud-Est, sa renommée n'avait fait que s'accroître et se fortifier. On venait le voir des quatre coins du pays et même de l'étranger. Les collectionneurs les plus exigeants n'hésitaient pas à lui confier des toiles de valeur.

Il faut dire que son habileté dans cet art si délicat et si rare aujourd'hui de la restauration des tableaux était sans égale. Il décelait au premier coup d'œil ce qui avait abîmé une toile — fumées et vapeurs diverses qui roussissent, soleil qui gerce et fendille, humidité qui revivifie les couleurs métalliques —, et pouvait presque vous dire si le tableau que vous lui apportiez sortait d'une église, d'un hall d'entrée ou d'une salle à manger. Dévernissage et nettoyage n'avaient pas de secrets pour lui : nul mieux qu'Auguste Augustin n'aurait su ôter un vernis avec cette adresse patiente qui conservait aux ombres toute leur transparence et laissait intacts les glacis qui recouvrent certaines parties des chairs, ni se servir à meilleur escient des divers produits de nettoyage, depuis l'eau toute simple jusqu'au redoutable sublimé corrosif de mercure, en passant par toute la gamme des sels alcalins et des savons.

Il savait à merveille rapporter de vieilles peintures sur des toiles neuves. Quant au grattoir et au rasoir, c'est en virtuose qu'il s'en servait pour enlever en les raclant les aspérités qui ont durci et que ni alcool ni lessive ne sauraient faire disparaître.

Son travail était sa seule passion et l'occupait entièrement sans jamais le lasser ni le décevoir. La gloire et l'argent n'avaient changé en rien la régularité et la simplicité de son existence. Il vivait seul. Il se levait généralement tôt, s'aspergeait les yeux d'eau fraîche, peignait ses cheveux, sa barbe et sa moustache, et travaillait toute la matinée. Après quelques achats de nourriture dans des magasins proches, un repas toujours frugal et une heure de sieste, il recommençait à travailler jusqu'au soir. Il prenait alors un bain, dînait et allait se coucher.

Et il en était ainsi presque tous les jours. Depuis les années qu'il habitait à Saint-Eustache, le vieux quartier de Liérès, les commères de l'endroit n'avaient rien découvert à son sujet qui pût alimenter leurs ragots, excepté son goût immodéré pour le café très noir et peu sucré.

Il n'avait ni famille ni vrais amis et ne recevait guère que des clients. Sa vie s'écoulait doucement, une vie calme et un peu triste que l'insolite semblait ne devoir jamais troubler, et qu'il troubla pourtant.

C'était la fin d'un bel après-midi de juin. Comme chaque jour à la même heure, les doigts de la *Joueuse de guitare* de Vermeer (reproduite avec une fidélité minutieuse par Auguste Augustin lui-même, car il lui arrivait en secret de prendre le pinceau, mais pour des reproductions seulement) s'animèrent sous l'effet du rayon de soleil familier qui, glissant le long des toits et comme se faufilant entre les cheminées, parvenait jusqu'à son atelier.

Il achevait un travail difficile : il s'agissait de redonner son éclat à un portrait que le temps et des nettoyages successifs avaient terni. Le coloris avait perdu sa vivacité, l'harmonie d'ensemble était détruite ; à maints endroits même, la couleur faisait complètement défaut. Il avait fallu étudier les contours endommagés et les écaillages de la couleur, comparer avec les parties bien conservées puis faire des retouches, bref, se montrer l'observateur infaillible et l'habile coloriste qu'était Auguste Augustin.

Quand tout fut terminé, il prit du recul et constata avec satisfaction que la toile était méconnaissable. Elle semblait fraîchement peinte. Devant une transformation aussi radicale, il eut l'impression d'être l'auteur de l'œuvre. Un regret douloureux l'assaillit, qu'il n'avait pas éprouvé depuis longtemps.

La nuit se levait doucement sur la ville. Il se dit qu'il était passé à côté de la vraie gloire, de la vraie vie peut-être... Il soupira, alla verrouiller sa porte et se versa une tasse de café pour combattre sa tristesse. Aucun bruit ne venait de l'extérieur. Avant de monter préparer son repas, il avait plaisir à faire un tour d'atelier, savourant son café, jouissant de l'atmosphère de cette grande pièce où il se sentait si bien; mais ce soir, il n'en retira pas la satisfaction habituelle. Sa tasse à la main, il passa en revue, à petits pas, les toiles posées contre le mur ou suspendues. Il y avait là des travaux déjà exécutés, des toiles à réparer les jours suivants et ses propres reproductions.

Soudain il s'arrêta, stupéfait. Il venait d'apercevoir un grand tableau qu'il ne connaissait pas. Il s'approcha, écarta deux autres toiles qui le cachaient en partie, regarda. Il était sûr de sa mémoire : personne, ni aujourd'hui ni auparavant, ne lui avait apporté cette peinture. Quand il fut bien persuadé qu'il se trouvait en face d'un mystère, un grand trouble l'envahit. Que devait-il faire ? Sortir, appeler des voisins, leur raconter qu'il venait de découvrir chez lui un tableau qui n'avait pu y pénétrer d'aucune manière ? Il reprit son sang-froid, regarda la toile avec plus d'attention, et alors seulement, il fut frappé par sa grande beauté.

Sur un fond de champs et de forêts, on voyait une foule bigarrée d'hommes et de femmes de toutes les époques et de toutes les conditions (comme le révélaient leurs habits), tellement nombreux que l'extrémité du cortège qu'ils formaient se perdait loin dans l'arrière-plan. Ils semblaient défiler devant un point situé en haut et à droite de la toile, mais la saleté accumulée à cet endroit empêchait toute identification. L'œuvre était remarquable par l'harmonie des couleurs, par la précision des détails autant que par l'impression de vie grouillante qui se dégageait de l'ensemble.

Auguste Augustin termina son examen en remarquant que l'œuvre n'était pas signée.

Alors, comprenant trop bien sous l'impulsion de quels rêves, de quels regrets enfouis il agissait, il s'empara d'un crayon et signa la toile de son nom. Il ne s'obéissait plus. Depuis qu'il observait cette toile étrange, ses facultés de pensée et d'action, bien qu'elles fussent restées intactes, s'exerçaient indépendamment de sa volonté, comme mises en branle et orientées par une force autre, et elles l'entraînaient hors de la réalité.

C'est ainsi qu'il oublia sur-le-champ son geste malhonnête, qu'il ne prêta plus aucune attention à l'énigme que constituait la présence d'une toile inconnue dans son atelier et qu'il se laissa envahir par le besoin irrésistible de nettoyer la portion droite du tableau, celle que recouvrait, superficiellement d'ailleurs, une bande de poussière grise bien délimitée. L'idée venait de l'effleurer que cette poussière avait été déposée là précisément pour qu'il l'ôtât.

Il plaça la toile sur un chevalet au milieu de l'atelier, en pleine lumière, et soudain il éprouva un nouveau choc : comment n'avait-il pas encore remarqué l'expression de haine qui défigurait les personnages représentés ? Il se sentit mal à l'aise, comme si cette haine lui était destinée. Il s'attendait presque à les voir s'animer, se tourner vers lui. Rien ne l'aurait étonné à cet instant. Mais ils restaient immobiles, regardant obstinément dans la même direction, comme pour lui rappeler le travail de nettoyage qu'il avait décidé d'exécuter.

Il fit couler de l'eau dans une cuvette, en imbiba un chiffon doux et commença de frotter. C'était un travail facile. En quelques instants, des formes, des couleurs, parmi lesquelles le vert semblait dominer, apparurent. Cependant, il ne pouvait rien distinguer encore.

Puis la révélation fut toute proche. A mesure que la scène se précisait, ses forces l'abandonnaient, une angoisse le paralysait, lui serrait la gorge jusqu'à la nausée.

Il venait de lever la main pour un coup de chiffon qui serait décisif, s'il avait la force d'appuyer contre la toile. Ses jambes se dérobaient sous lui, des larmes d'épouvante encore sans objet et d'impuissance résignée lui montaient aux yeux. Il mit dans son geste le peu d'énergie qui lui restait, et lorsque sa main retomba, ce que les personnages peints regardaient avec des visages grimaçants de méchanceté, en haut et à droite du tableau, fut révélé à Auguste Augustin.

Il se mit à hurler, à hurler de surprise et de douleur, une douleur abominable qui lui broyait la nuque et la poitrine...

Le lendemain matin, le facteur, qui apportait un pli recommandé, n'obtint pas de réponse à ses coups de sonnette répétés. Il essaya d'ouvrir la porte et, après un nouvel échec, il alerta les voisins, qui alertèrent un agent de police, qui alerta les pompiers. En les attendant, un cafetier voisin répéta une trentaine de fois au policier qu'il n'avait pas vu sortir Auguste Augustin de chez lui. Il en avait la certitude absolue, le jurait solennellement sur la tête de sa femme. En effet, il avait veillé toute la nuit, par suite de la réunion annuelle dans son établissement des médaillés militaires du quartier Saint-Eustache.

Les pompiers arrivèrent, on enfonça la porte, et on ne trouva rien. Le vieil homme n'avait pas quitté son appartement, tout était fermé de l'intérieur sans issue possible, et pourtant, une fois qu'on eut fouillé chaque pièce, il fallut bien se rendre à l'évidence : il avait disparu.

On ne trouva rien d'insolite, rien qui pût indiquer qu'un drame s'était déroulé là. On ne fit que jeter les yeux au passage sur la toile posée au milieu de l'atelier. Elle représentait une foule hétéroclite. Chaque personnage fixait avec une expression d'intense méchanceté un homme en partie dissimulé par le feuillage d'un gros arbre.

C'était un pendu, dont personne n'eut l'idée de regarder le visage de près.

— Bravo, quelle surprise! s'écria Pascal. Et quelle horreur, être soi-même l'instrument de sa perte!... Mais peut-être, cependant...

— Pourquoi des commentaires? l'interrompit Grégoire.

Tout en conservant un ton d'autorité qui stoppa net le discours de Pascal, il me sembla moins sûr de lui, mal à l'aise, confus comme nous l'avions été nous-mêmes.

— Le jeu a peut-être assez duré? dit Pascal non sans hypocrisie.

— Certes non, dit Grégoire, il n'est pas encore temps. D'ailleurs, Vincent se sentirait lésé. Il faut aller jusqu'au bout, maintenant. Et ne sentez-vous pas combien une histoire nous unit, combien elle nous arrache au temps cruel? Pas de dérobade! C'est à vous, Pascal.

La sécheresse de l'ordre me fit craindre une dispute, mais Pascal fila doux. J'étais épuisé. Je m'enfonçai confortablement dans mon fauteuil et bus une gorgée de cidre.

Il annonça :

LA FUITE

Michel était en train de vivre ce qu'on appelle ordinairement un cauchemar éveillé.

Conscient du caractère étrange, impossible même, de son aventure, il n'en était pas moins incapable de douter de sa réalité profonde tellement le témoignage de ses sens lui paraissait irrécusable. Les mécanismes de sa perception n'étaient affectés en rien, c'étaient les événements eux-mêmes qui étaient incompréhensibles, ainsi que sa manière de les affronter.

Pourquoi, par exemple, n'essaya-t-il pas de chercher de l'aide auprès d'autres personnes avec plus d'acharnement qu'il ne le fit, au lieu de courir droit devant lui sans réfléchir ? Cette bizarrerie peut s'expliquer par sa certitude qu'une telle tentative serait restée sans résultat mais, dans ce cas, d'où lui venait cette certitude ? Plus simplement peut-être, son état de panique ou de lassitude extrême l'empêcha de prendre le recul nécessaire pour juger la situation et agir en conséquence, bien qu'il sentît à plusieurs reprises la nécessité d'une telle réflexion.

Le jour venait à peine de se lever sur la ville et il fuyait un étrange poursuivant casqué, masqué et armé d'un fusil. Qui était cet homme et d'où il venait, Michel ne le savait pas, non plus qu'il ne comprenait ce que lui-même faisait dehors à cette heure-ci ni dans quelles circonstances la poursuite avait commencé. Il y avait une rupture, une faille dans sa mémoire entre le sommeil de la nuit et le moment présent. Il était seulement certain de ne pas courir depuis longtemps, car il ne ressentait aucune fatigue et se trouvait d'ailleurs assez près de son domicile.

Habituellement, il s'éveillait une première fois à l'aube, buvait un verre d'eau, se retournait dans son lit et faisait plusieurs petits sommeils jusqu'à dix heures environ. Il était donc vraisemblable qu'il ne s'était pas rendormi ce jour-là, mais qu'il était sorti pour une raison mystérieuse — cela ne lui arrivait jamais — et que dans la rue, un homme d'allure inquiétante l'avait menacé d'un fusil, le forçant à fuir. Son départ avait dû être précipité : on voyait qu'il s'était habillé à la hâte, sa veste n'était pas boutonnée malgré la fraîcheur du petit matin, et il n'avait sur lui ni sa montre ni la clef de son appartement.

Il habitait seul quatre grandes pièces meublées au

cœur de la vieille ville, et c'est là, dans le dédale compliqué des ruelles froides et désertes, qu'il avait d'abord essayé de perdre son poursuivant, mais en vain. L'homme masqué n'employait pas de ruses particulières. C'est ainsi qu'il ne tentait pas de manœuvrer autour d'un pâté de maisons pour l'aborder de face, mais il courait seulement à sa suite, guidé par un flair infaillible. Aussi Michel ne s'était-il pas précipité dans l'église Saint-Georges comme il en avait eu le désir au moment où il passait devant, seul dans la rue, déjà convaincu que l'autre le trouverait de toute façon et qu'il n'y avait de salut possible que dans la fuite.

Il résolut d'abandonner la vieille ville, où il n'avait perdu que trop de temps, et s'engagea dans la rue Auguste-Comte en songeant trop tard qu'une longue ligne droite pouvait donner à son ennemi l'occasion de se servir de son arme. Se mettre à zigzaguer en courant, comme il l'avait vu faire dans les films? Cela ne ferait que l'épuiser et diminuerait dangereusement l'avance qu'il parvenait malgré tout à conserver. Non, il lui fallait courir, courir le plus vite possible sans s'arrêter et sans prêter attention aux battements de son cœur, de plus en plus précipités et violents. La ville dormait encore, mais il rencontrerait bientôt des passants qui appelleraient sans doute la police ou même s'interposeraient, arrêteraient l'homme au fusil, le maîtriseraient. Il pourrait alors rentrer chez lui, prendre son petit déjeuner et vivre une journée tranquille, semblable à toutes les autres.

Il débouchait justement dans l'avenue de l'Europe, la plus grande artère de la ville. Il y remarqua une certaine animation. Plusieurs ouvriers en uniforme de toile blanche collaient des affiches aux façades des cinémas, car c'était le jour où les programmes changeaient. Une vieille femme sortit d'un immeuble juste devant lui, l'obligeant à faire un écart. Elle tenait à la main un panier à provisions et le balançait d'un mouvement exagérément ample, à ce qu'il parut à Michel. Il rencontra aussi quelques hommes vêtus de costumes, coiffés et rasés avec soin, qui montaient dans leurs voitures, mais à aucun moment il n'eut le courage de s'arrêter. Il se contenta de crier pour attirer l'attention, sans autre résultat que de s'essouffler davantage.

Au bout de l'avenue, il risqua un coup d'œil derrière lui. Les gens qu'il avait croisés s'étaient tous immobilisés, observant la poursuite en spectateurs. Peut-être étaient-ils effrayés par l'homme au fusil, qui se trouvait toujours à une centaine de mètres de lui.

Ils arrivèrent ainsi en vue du fleuve qui marquait la limite du centre de la ville et le franchirent sur le pont Gallieni. Michel prêtait une attention fascinée au claquement de ses chaussures de tennis sur le trottoir. Des idées folles l'assaillaient : il s'imaginait plongeant dans le fleuve et se laissant porter par le courant jusqu'à la mer — c'était à peine impossible, elle n'était pas si loin —, et l'autre aurait sans doute hésité longtemps avant de prendre la même décision, et son fusil mouillé ne lui aurait plus été d'aucune utilité, et Michel aurait été sauvé...

Le soleil montait doucement entre les tours de la cathédrale qui dominait la ville, animant de reflets roux sa nuque blonde. Au bout du pont, il finit même par ressentir une certaine tiédeur derrière la tête, d'autant plus perceptible qu'une brise légère lui rafraîchissait le front depuis qu'il avait quitté les rues du centre. On était au début du printemps. La journée promettait d'être belle. Par contraste, avec sa situation, Michel en ressentit une sorte de désespoir. Il s'engagea dans le cours Jean-Jaurès, qui s'étirait sur des kilomètres de ligne droite et conduisait aux régions les plus reculées de la banlieue. Il était hors d'haleine. Cela lui paraissait déjà incroyable d'avoir couru aussi vite et aussi loin. Il savait qu'il allait bientôt devoir s'arrêter, privé de forces. Il s'appuierait contre un mur, haletant et résigné, et l'autre n'aurait plus qu'à tirer, à bout portant s'il le voulait...

Il se retourna et vit que la distance restait la même entre eux. Rien n'était perdu.

Il rassembla toute son énergie et courut longtemps sans penser à rien, uniquement soucieux de fournir le plus gros effort dont il fût capable. Des piétons indifférents l'obligèrent parfois à ralentir, mais courir sur la chaussée eût été trop dangereux. A cette heure de moindre circulation, les voitures roulaient vite et surgissaient avec soudaineté des rues perpendiculaires. Il décida pourtant de quitter le trottoir quand il aperçut de loin un marché à légumes qui s'y était installé. Il en fut empêché au dernier moment par un autobus lancé à grande allure qui le frôla presque, redoublant son affolement. Il dut traverser le marché, se faufiler parmi les ménagères aux paniers encombrants, supporter les cris perçants des vendeurs qui vantaient la qualité de leurs produits. Une jeune et belle femme lui tendit même une pomme au passage. Il eut la tentation irraisonnée de saisir le fruit, de le goûter...

En sortant du marché, il pensa alors seulement qu'il pouvait tirer parti de ce rassemblement de monde et il se mit à hurler : « Au secours, au secours, derrière moi ! » tout en reprenant son élan. Quelqu'un allait-il intervenir ? Mais si l'autre avait évité l'obstacle en descendant sur la chaussée ? Dans ce cas, il avait dû prendre une avance décisive. Michel se retourna, les traits déformés par la peur, s'attendant à voir le visage masqué tout près du sien, grimaçant et inévitable comme une image de cauchemar. Mais non, tout restait bien réel. On n'avait pas fait d'ennuis à l'homme armé mais la distance entre eux n'avait pas varié. Un espoir douloureux le submergea, lui donna la force de continuer.

Quand il arriva dans la banlieue, après avoir parcouru tout le cours Jean-Jaurès, son épuisement et sa panique étaient tels qu'il était persuadé de mourir dès qu'il s'arrêterait. Ce n'était plus la fatigue, c'était la mort qui prenait peu à peu possession de son corps, et l'arrêt de sa course allait signifier qu'elle l'aurait envahi tout entier. Il fallait en finir. Trouver une cachette était une solution désespérée mais fatale. Il s'engagea dans une rue tranquille, encore endormie. De petites maisons aux façades un peu sales, bâties sur le même modèle, s'alignaient sur le trottoir de droite. Sans doute abritaient-elles le personnel d'une entreprise du quartier, comme cela se faisait autrefois. Michel jugea de bonne tactique de ne pas chercher refuge dans la première. Au risque d'être repéré, il remonta la rue et s'engouffra dans l'entrée d'une des dernières maisons.

Une trouée de lumière et de verdure attira immédiatement son regard. Un couloir conduisait à un petit jardin clos de murs où il s'arrêta enfin, haletant. Le calme absolu de l'endroit, la tiédeur du soleil, les arbres fruitiers verts et en fleurs, inattendus dans cette banlieue industrielle, tout ici inspirait confiance et incitait au repos. Michel remarqua ce qui lui parut d'abord être une simple resserre à outils vers laquelle il se dirigea, pour s'y cacher. Il s'agissait en réalité d'une luxueuse cabine de bois verni, avec une inscription en caractères dorés au-dessus de la porte : *Machine à voyager dans le futur*. Il y pénétra sans réfléchir, se laissa tomber sur le siège confortable qui en occupait presque toute la surface et s'y enferma en poussant un petit verrou joliment forgé. Le plafond de la cabine était formé d'une simple plaque de verre laissant passer la lumière du jour. Devant Michel, à portée de main, se trouvait un levier qu'on pouvait manœuvrer vers le haut, dans le sens d'une flèche au sommet de laquelle était inscrit le mot *Futur*. L'absence évidente de tout mécanisme, ainsi que l'appellation pompeuse de « machine à voyager dans le futur », donnaient à l'ensemble l'aspect d'un jouet réalisé à partir d'une description de conte de fées.

Et Michel, plongé dans une situation absurde, recru de fatigue, terrifié par un ennemi armé qui pouvait surgir d'un moment à l'autre, eut un geste d'enfant. Une sorte de gros jouet, dans un jardin paisible, l'invitait à s'évader dans le futur, un levier était là, bien réel, qu'il suffisait de pousser vers le haut : il le poussa.

Aussitôt, un silence plus lourd s'installa dans la cabine. L'obscurité se fit peu à peu. Michel sentit qu'il perdait conscience, qu'une torpeur agréable engourdissait ses membres. Il songea avec délices qu'il dormait, qu'il était tout simplement en train de dormir et qu'au réveil il serait dans sa chambre, un peu secoué peut-être par un mauvais rêve plus précis que ses rêves ordinaires, mais banal en fin de compte par son contenu.

Il attendit avec confiance la fin de son sommeil.

Quand il rouvrit les yeux, il eut la stupeur de se trouver dans une pièce qui n'était pas sa chambre, étendu sur une plaque de métal montée sur de hauts pieds. Une lumière violente l'éblouissait, mais ce n'était pas la lumière du jour. Sur le mur en face de lui, de simples fentes réparties sur une surface rectangulaire laissaient entrer l'air de l'extérieur et tenaient lieu de fenêtre.

Le cauchemar continuait.

Où se trouvait-il, et qu'était devenue la cabine de bois verni ? Avait-elle rempli son office et l'avait-elle réellement fait voyager dans le temps ? Il ne pouvait le croire. Pourtant, l'endroit correspondait assez bien à l'idée qu'il aurait pu se faire d'une habitation de l'avenir : des formes géométriques rigoureuses qui excluaient le cercle, la courbe, l'arrondi ; le métal comme matériau unique, l'absence de tout ornement, de toute décoration, une couleur blanche uniforme... L'ensemble dégageait une impression de tristesse glaciale qui l'accabla, mais son malaise avait aussi une autre cause : il se rendait compte que les proportions de la pièce, l'emplacement du lit, de la fenêtre, de la porte et des divers blocs de métal disposés çà et là en guise de meubles lui rappelaient sous une forme insidieuse sa propre chambre. C'était même cette impression de fausse similitude, d'une sorte de perversion dans l'identité qui le troublait plus que tout, plus que ne l'aurait fait un dépaysement total. Etait-il en sécurité ici ? En tout cas, toute faiblesse l'avait abandonné. Il se leva d'un bond et décida d'explorer les lieux pour éclaircir ce nouveau mystère.

Comme il se dirigeait vers la porte, à peine visible au

milieu du grand mur blanc avec lequel elle se confondait presque, une voix l'arrêta, qui semblait venir de tous les coins de la pièce en même temps, une voix basse, monocorde et très sonore, la voix d'un robot, se dit Michel avec horreur, et cette voix, parlant de lui à la troisième personne, annonçait sa mort prochaine : « Le condamné est maintenant éveillé. On vient le chercher pour l'exécution. Toute fuite est inutile. Qu'il se tienne prêt à suivre avec docilité celui qui est en route vers lui. »

Puis plus rien. De nouveau le silence, à peine troublé par un bruit de pas lointain et sourd, comme résonnant dans d'interminables couloirs vides et blancs. Michel n'avait pas le loisir de s'étonner ou de réfléchir : il se rua vers la porte. Aucun signe extérieur n'indiquait le moyen de l'ouvrir. Il la poussa d'abord de toutes ses forces, elle résista. Puis il promena ses mains contre le mur, à la recherche d'un mécanisme secret qui la ferait coulisser, sans plus de résultats. Désespéré, il prit son élan pour l'enfoncer, sûr d'échouer mais décidé à tout essayer, à lutter jusqu'au bout, et, contre toute attente, elle céda à son coup d'épaule. Elle sauta d'une seule pièce et retomba à plat avec un bruit formidable.

Il se trouva dans le long couloir blanc qu'il avait imaginé. Il jeta les yeux de tous côtés, hagard. Assez loin sur sa gauche, il vit arriver à grands pas réguliers un être étrange dont l'attirail — masque, casque et fusil — le glaça d'épouvante. Malgré l'avertissement de la voix, il ne songea qu'à fuir, comme s'il relevait un défi. Le grondement produit par la chute de la porte s'amplifiait à chaque instant et devenait insupportable. Il semblait s'accumuler dans son dos, envahir l'espace, s'épaissir en une substance palpable qu'il sentait peser sur sa nuque. Son désir d'y échapper aurait suffi à le faire se précipiter dans le couloir qui s'allongeait devant lui à perte de vue.

Au bout de quelques minutes de course, il découvrit un escalier dans lequel il s'engagea. Il dévala trois étages à une allure folle et se retrouva brusquement à l'air libre, hébété dans la lumière grise qui baignait toutes choses, traqué et solitaire parmi de hauts immeubles dont l'agencement n'était pas sans lui rappeler son propre quartier. Ils ressemblaient à des prisons, avec leurs murs de métal blanc où Michel pouvait voir, à l'emplacement des fenêtres, les mêmes fentes qu'il avait observées dans la pièce où il s'était éveillé. Il était délivré du fracas de l'intérieur, mais déjà il entendait le martèlement des pas de son poursuivant. Il se souvint qu'il était condamné. Ne venait-il pas de s'échapper d'une cellule ? Il s'élança le long d'une rue sans trottoir, pavée de dalles rectangulaires.

Dès lors, rien ne l'étonna plus dans le trajet qu'il suivit. Il franchit bientôt un fleuve dont les eaux étaient recouvertes d'une écume blanche et bouillonnante, comme si une infinité de courants contradictoires agitaient constamment leur surface. De l'autre côté du fleuve, il reconnut la longue route qui devait mener aux limites de la ville et sur laquelle se tenaient immobiles, de loin en loin, des êtres semblables à celui qui était à ses trousses, mais qui ne firent pas un mouvement pour l'arrêter ni pour intervenir de quelque manière que ce fût.

Et Michel, comme à la fin de l'autre fuite, sentit qu'un épuisement insurmontable le gagnait et qu'il ne pourrait plus courir longtemps. Un énorme soleil, parfaitement rond et précis dans son tracé, venait de surgir de l'horizon et l'éblouissait d'un éclat insoutenable. Il prit une rue à droite pour échapper à cette nouvelle torture, mais auparavant, il se retourna pour repérer son poursuivant, bien qu'il sût d'avance à quelle distance il allait le voir.

Il eut alors une brève et splendide vision. La ville du futur, soudainement embrasée, s'était transformée en un paysage fantastique où toutes les nuances de rouge se trouvaient rassemblées, des plus délicates aux plus violentes, jouant entre elles, se modifiant sans cesse, s'interpénétrant en douceur et comme se fondant peu à peu dans le rose uniforme du ciel. Ce fut pour Michel un instant de trouble profond. Fasciné par ces jeux de lumière, il perçut mystérieusement une sorte d'appel, une tentation de mort douce, ressentie comme une promesse d'harmonie retrouvée, à laquelle il ne s'arracha qu'avec peine.

Il dépassa de petites maisons cubiques et toutes semblables. Sachant parfaitement où il allait et ce qu'il recherchait, il pénétra dans l'une des dernières de la rue, la traversa par un couloir et déboucha dans une cour pavée de dalles, ceinte de hauts murs.

Au milieu de la cour se dressait, insolite, la cabine de bois verni. Il avait atteint son but. Il se rua dans la cabine, poussa le verrou, manœuvra le levier vers le bas...

Un instant plus tard, il goûtait comme la première fois la volupté de s'abandonner au sommeil particulier que provoquait la machine, un sommeil qui lui redonnait force et espoir, lui communiquait obstinément la certitude que tout irait bien pour lui, qu'il allait s'éveiller dans son lit, ne se souvenant de rien sinon d'une ville de rêve où la simple apparition du soleil l'avait troublé au plus profond de lui-même, et le souvenir de cette extase unique l'aiderait à vivre pour toujours...

Il revint à lui. Il était toujours dans la cabine. Tremblant d'appréhension, il ouvrit la porte et il eut un sanglot de joie en découvrant le petit jardin de banlieue où il s'était réfugié auparavant. Mais son apaisement fut de courte durée. Sans doute n'avait-il fait que s'assoupir quelques secondes, rêvant son voyage dans le futur et, dans ce cas, son poursuivant n'allait-il pas surgir bientôt ? Dès lors il n'eut plus qu'une pensée, regagner son appartement qu'il n'aurait jamais dû quitter, qu'il n'avait pu quitter que malgré lui. L'idée ne lui vint même pas d'escalader le mur qui entourait le jardin pour rentrer par un itinéraire différent. Il ne pensait qu'à se retrouver seul dans sa chambre, à l'abri des événements déplaisants qui accablent un homme quand il rompt, même involontairement, la succession normale et habituelle de ses actes.

Il quitta le jardin, ne vit rien d'inquiétant dans la rue et atteignit rapidement le cours Jean-Jaurès où régnait maintenant une grande animation. On devait être en fin de matinée. Il aurait bien pris un autobus, mais il ne trouva pas d'argent dans ses poches. Il dut remonter tout le cours à pied, se retournant sans cesse et guettant le danger. Plus rien ne se passait, inexplicablement.

Encore quelques minutes de cette marche harassante, face au soleil qui lui brûlait les yeux... Il s'aperçut qu'il transpirait abondamment. Une fois chez lui, il se laverait, prendrait son petit déjeuner et se mettrait au lit jusqu'au crépuscule, jusqu'à l'heure innocente où il avait coutume de sortir et de faire son tour en ville.

Ce fut un grand soulagement pour lui de retrouver l'ombre des petites rues de la vieille ville. Délivré du soleil, il arriva vite devant son immeuble, une ancienne et belle maison du quartier dont on venait de ravaler la façade, blanche et propre maintenant. Il y pénétra en toute confiance, oublia sa fatigue pour monter en courant ses trois étages, fut devant sa porte. Un retour d'angoisse le saisit quand il s'aperçut qu'elle était fermée à clef. De toutes les bizarreries de la matinée, celle-ci lui parut la plus incompréhensible. Il fallait qu'il ait fermé et perdu la clef dès le début de sa fuite, mais c'était impossible. S'il l'avait mise comme d'habitude dans la poche de sa veste, comment avait-elle pu en sortir? Il se décida à enfoncer sa propre porte. A moins d'aller chercher un serrurier, ce qu'il n'envisagea pas un instant, c'était la seule solution.

Il était dit qu'il devrait aller ce matin-là jusqu'à la limite extrême de ses ressources physiques et nerveuses : il dut s'y reprendre à plusieurs fois, se fit très mal à l'épaule, et quand la serrure céda enfin, sur un coup de pied, il tomba sur le sol et se blessa aux genoux.

Il se releva et ferma la porte au verrou.

Il était sauvé.

La pendule, au fond du couloir, marquait dix heures dix.

Il ne pensait plus à se laver ni à manger, il n'aspirait qu'à s'étendre sur son lit, à savourer la paix et la sécurité de son appartement avant de s'endormir jusqu'au soir. Il se traîna le long du couloir. Au moment de pénétrer dans sa chambre, il heurta du pied un objet métallique. C'était la clef. Il comprenait enfin. « Rien n'est donc fini », songea-t-il avec lassitude, et, levant les yeux, il se protégea le visage de son bras replié.

Debout dans sa chambre, derrière le lit, l'homme masqué et casqué l'ajustait de son arme.

— Bravo, quelle surprise ! s'écria Joseph en battant des mains d'une manière incongrue. Quelle horreur, cette fuite... Mais peut-être, cependant... Que d'épuisements extrêmes, de nervosités larmoyantes, de stupeurs qui figent, d'épouvantes qui glacent !

Nous le regardâmes avec sévérité. Quelle mouche le piquait ? Une excitation croissante s'était emparée de nous tous, et c'est lui qui en fit les frais. Nous lui imposâmes silence sans ménagements. Il se calma d'un coup et nous crûmes qu'il allait fondre en larmes.

— Il le fallait, murmura Grégoire comme pour lui répondre, mais à voix si basse qu'il semblait monologuer. Nos cris d'angoisse sont divers, et j'aime celui de Pascal. Combien d'hommes, jadis, se sont exprimés comme lui ? Je croyais les entendre par sa voix. Merci, Pascal. (Plus fort.) Joseph, c'est à vous...

— Mon histoire, commença celui-ci, est plus...

— Le titre ! hurlâmes-nous en chœur.

— Pardon, le titre, c'est vrai. *Le Visage.* Mon histoire est moins bien construite que les vôtres. Elle est faite d'une série d'épisodes qui se développent à partir d'une obsession commune...

Une nuée de protestations couvrit sa voix. Il n'allait tout de même pas (fût-ce par un excès de pudeur qui risquait précisément de nous le rendre prétentieux, lui !), il n'allait tout de même pas nous imposer des réflexions sur son propre récit ! Pascal mit fin à notre chahut et lui dit :

— Je vous en prie, Joseph, un peu de discrétion. Vous nous gênez tous, et moi le premier.

Le pauvre Joseph attendit d'avoir assez de salive pour commencer à lire.

LE VISAGE

A peu de temps de sa mort, un homme — appelons-le Mathieu Robert, pour la facilité du récit...

Un commentaire, encore ! Nous faillîmes lui bondir dessus avec des armes improvisées, mais Grégoire nous calma. Après tout, Joseph lisait. Dès l'instant qu'il lisait son texte, nous n'avions plus d'objections à faire. Il lui fit signe de continuer.

... pour la facilité du récit — est hanté par une série d'événements qu'il n'arrive pas à isoler dans son passé, qui lui semblent aussi anciens que sa propre vie et qu'il perçoit comme des cauchemars vécus dans le moment même où ils l'assaillent.

LE PUITS

Il se voit d'abord, enfant, jouer avec d'autres enfants près d'un puits, malgré l'interdiction des adultes. C'est à la campagne, en été. Il fait très chaud. Le puits les attire et les effraye à la fois. Leur promenade les a conduits là par hasard et ils ont joué comme ils auraient joué ailleurs, jusqu'à ce que Mathieu découvre les ressources du puits dans le jeu de cache-cache : il peut tourner autour et l'interposer sans cesse entre lui et celui qui cherche. Ses camarades l'accusent de tricher. Ils délibèrent et concluent qu'il faut interdire cette cachette.

Suit un moment de silence. Ils ont parlé du puits et une même curiosité les possède. Mathieu donne le signal : les voilà qui transportent de grosses pierres sur lesquelles ils grimpent et qui amènent leurs visages au-dessus du niveau de la margelle.

Ils se penchent, regardent, s'étonnent de ne voir ni le monstre dont on les a menacés ni le reflet de leurs visages dans l'eau trop lointaine. Vite lassés de cette attente immobile et silencieuse, ils deviennent moins respectueux d'un mystère qui ne se manifeste pas. Ils s'enhardissent à jeter des pierres de plus en plus grosses dont ils finissent même par ne plus guetter le bruit de la chute, à pousser de petites exclamations d'abord, puis des cris, des vociférations, des appels cocasses aux modulations longuement amplifiées. Ce déchaînement est l'annonce d'un désintérêt tout proche. Comme dernier geste d'audace dominatrice, ils actionnent avec frénésie la manivelle qui commande la descente d'un énorme seau jusqu'à ce que la chaîne se coince, et ils retournent à leur jeu.

Mathieu a observé de nombreuses pierres disjointes à l'intérieur du puits. C'est là qu'il se cache maintenant, agrippé par les mains et les pieds. Sa tête ne dépasse pas. De temps en temps, il se soulève pour jouir du désarroi de ses camarades qui le cherchent en vain. Il est content de son idée. Il ne les a pas trompés — il n'aurait pas voulu le faire — puisqu'il se dissimule non pas autour du puits, mais dedans.

Une demi-heure s'écoule. Il sent qu'il ne résistera plus longtemps, mais pour rien au monde il ne sortirait de lui-même : il veut qu'on le découvre. Enfin, le plus jeune de la bande s'écrie : « Mathieu, regardez Mathieu ! »

Maintenant qu'il voudrait sortir, il ne le peut plus. Il a honte de demander de l'aide. Son visage, comme posé sur le rebord de la margelle, trahit la souffrance et l'épuisement. Les enfants sont d'abord indécis. La crainte les paralyse, aussi la fascination devant l'exploit dangereux. Quand ils se ressaisissent, leur éveil se traduit par une agitation vaine autant que fébrile : ils ne savent que courir en tous sens, se lamenter, le visage levé vers le ciel, ou pleurer, accroupis dans l'herbe, le front appuyé sur l'avant-bras.

Mathieu renonce à lutter. Le soleil couchant l'éblouit, un bref malaise le prive de ses dernières forces, il lâche prise.

La chute lui parut interminable et lente. Il rebondit plusieurs fois contre les parois du puits et se blessa horriblement. Des lambeaux de chair, lui semblait-il, se détachaient de son corps. Il se dit que peut-être il ne resterait plus rien de lui à l'arrivée, comme s'il n'avait jamais existé.

A aucun moment il ne perdit connaissance. Un dernier choc l'arrêta : il était tombé à grand bruit sur le seau, dans le seau. Il s'appliqua à faire l'inventaire de son corps, à retrouver l'emplacement de ses membres, à les faire jouer, puis il regarda au-dessous de lui. Il vit un visage de femme, inexpressif, qui se déformait selon les mouvements de l'eau troublée par les petits cailloux, la terre et les herbes sèches qu'il avait entraînés dans sa chute.

Tremblant de peur, il se recroquevilla dans le seau et attendit qu'on vînt lui porter secours.

ERRANCES

Toutes les femmes ont pour Mathieu le même visage et la scène du puits se répète sous des formes variées dont les deux plus fréquentes se présentent ainsi : il s'apprête à sortir de sa chambre, un matin, lorsqu'il aperçoit, dans un petit miroir suspendu à côté de la porte, le visage redouté. Il se précipite hors de chez lui et court dans les rues. Chaque fois qu'il se retourne, il pousse un cri de terreur : le visage est tout proche du sien. Il lui semble qu'il parcourt la terre entière tellement les villes et les paysages qu'il traverse sont divers, étranges les hommes et les animaux qu'il rencontre, et jamais le visage ne cesse de le hanter.

Une nuit, il reconnaît les rues de sa ville. Il s'arrête à l'entrée de l'impasse où il habite et se retourne : il est seul. Son dos se voûte, ses yeux s'emplissent de larmes. Il n'est pas sûr d'avoir assez de forces pour franchir la faible distance qui le sépare de son appartement. Soudain, l'impasse entière s'illumine. Il lève la tête. Des gens apparaissent aux fenêtres. Ils ont tous le même visage, qu'il reconnaît aussitôt. A cet instant la caresse d'un souffle tiède fait frémir sa nuque. Il reprend sa fuite, passe devant chez lui sans détourner les yeux et arrive au mur qui ferme l'impasse. Là, il voit une porte qu'il n'avait jamais remarquée auparavant. Il la pousse et se trouve brusquement en pleine campagne, ou plutôt sur une étendue illimitée dont la seule végétation est constituée par une herbe haute et fournie qui rend malaisée sa course. Bientôt l'herbe devient rare, le sol déclive l'entraîne selon une pente de plus en plus prononcée jusqu'à un gouffre où il est précipité. Au bout de la chute, le visage l'attend. C'est alors qu'il s'éveille (ou perd connaissance).

Ou bien, libéré de la pesanteur, il s'élève dans le ciel comme un oiseau et quitte enfin la terre. Il évolue parmi des astres où il aimerait faire halte et vivre peut-être, mais la conscience de l'impossibilité d'y aborder le rend plus malheureux encore qu'il ne l'était avant son départ. Au bout de l'éternité, son ascension devient une chute vers une planète en laquelle il reconnaît la Terre et qui, à mesure qu'il s'approche, prend la forme du visage qui le poursuit.

LA LICORNE

D'autres scènes ont pour origine un événement au caractère de réalité plus marqué dont on devine que Mathieu Robert l'a modifié jusqu'à lui donner la forme de son obsession :

« La *Licorne* était une boîte de nuit célèbre où je n'avais jamais posé le pied. Je poussai la lourde porte cloutée, elle se referma sans bruit derrière moi. Un sinueux couloir étroit et plutôt long, il semblait impossible de ne pas aller de l'avant, le long couloir étroit s'élargissait devant moi et se refermait derrière moi, en se rejoignant les parois crépies à la volée faisaient *krr*, *krr* sans que j'osasse me retourner, car la dame du vestiaire m'observait dans sa caverne à droite au bout du couloir, à gauche un escalier. Arrivé devant elle je la regardai, occupé à me dévêtir avec élégance je la regardai et lui donnai mon manteau en échange d'un bout de carton numéroté qu'elle me tendit. Je fis plusieurs tours sur moi-même avant de m'engager dans l'escalier étroit qui tourne, et raide, à la moindre faille de l'attention on arrivait en bas, baissant la tête à cause du plafond, on manquait de hautes marches et on arrivait en bas sans pouvoir préparer son entrée mais personne ne me remarqua. La salle était petite et pleine comme un ventre, un vacarme fatiguait l'ouïe, les haut-parleurs se donnant sans retenue j'eus vite l'oreille lasse et le désir de me sauver, de me sauver. Des hommes et des femmes agglutinés dansaient et buvaient. Je repérai une petite place vide et me faufilai, on m'ignora, je m'installai sur le banc qui faisait le tour de cette cave voûtée, dans l'impossibilité de me tenir droit même assis le dos transpercé de pointes de crépi à la volée sans devant moi rien pour poser mes coudes et me donner de l'assurance. Les mains sur les cuisses paumes en l'air, coincé entre un garçon et une fille, j'observai finement mais bientôt les yeux me piquèrent à cause de la fumée, tous fumaient cigarette sur cigarette un bref instant je ne vis plus que des cigarettes, tout le monde s'estompa le bruit lui-même, des cigarettes au repos ou en mouvement, dressées ou baissées, courtes ou longues, éteintes ou allumées, intactes ou entamées, etc. J'allai chercher un verre au bar, quand je revins ma voisine avait disparu. Je pris mes aises et posai mon verre sur une table basse. Elle dansait. J'aperçus son visage plein de vie. Un sourire incessant tirait vers le haut le coin gauche de sa bouche, je ne l'apercevais que par éclairs, des têtes passaient et repassaient, la guetter réclamait une tension à se rompre sans parler de l'air épaissi par la fumée. Il était tard, mon verre fini depuis longtemps mais elle dansait encore et j'attendais qu'elle revînt s'asseoir, les oreilles douloureuses, elle revint épuisée, elle s'assit et je l'invitai à danser. Comment pouvait-elle m'entendre, je ne m'entendais pas moi-même et je répétai mon invitation plus fort, une fois de plus encore plus fort elle allait se détourner de moi, je pris mon souffle et je criai véritablement, je hurlai comme un noyé, je hurlai à l'instant précis où la musique s'arrêta le temps qu'un autre disque retombe et ma voix éclata dans un silence total : "Voulez-vous danser avec moi ?" Tous regardèrent, surpris et mécontents, j'allumai une cigarette pour abriter ma gêne et lui demandai si la fumée ne la dérangeait pas mais la musique noya mes paroles. Je n'osais plus regarder vers elle. Quand j'osai regarder vers elle, personne. Je partis à mon tour, la musique se déchaînant derrière moi davantage me semblait-il. L'escalier tournoyant n'en finissait pas, les marches hautes, le plafond bas jusqu'à la caverne où je rendis mon ticket contre un manteau. Je demandai si l'on avait vu une jeune fille souriant ainsi : le coin gauche de ma bouche relevé. On m'indiqua simplement la sortie. Le tunnel sinueux déjoua mes projets, prit des directions inattendues et descendit toujours plus raide et m'entraîna roulé en boule, au plus profond... »

À LA RECHERCHE D'YSERNORE

Mathieu et la jeune fille au sourire léger sillonnent toutes les routes de la région autour d'Ysernore sans jamais parvenir au village. La voiture, toute essence consommée, s'arrête un jour en pleine campagne. Ils l'abandonnent et vont à pied. Une longue marche les conduit sur des terres inconnues où l'homme n'a jamais pénétré. Dormant dans les hautes herbes, se nourrissant de fruits sauvages, ils arrivent un matin en vue d'une immense construction circulaire sans ouverture au centre de laquelle se dresse une sorte de cheminée. Mathieu serre la main de la jeune fille : sont-ils à Ysernore, se donnera-t-elle enfin à lui ? Elle l'entraîne sans répondre. Ils font le tour de l'édifice, qui ne semble constitué que d'un amas de pierres, lorsqu'ils découvrent une étroite galerie où ils s'engagent. Après une longue et tâtonnante progression, ils débouchent dans la pénombre d'une vaste salle également circulaire. Au-dessus d'eux, une ouverture leur permet d'apercevoir, très loin, le ciel. Un vent violent se met à souffler en une tornade qui les emporte, qui les aspire dans la cheminée où ils s'élèvent agrippés l'un à l'autre. Mathieu se rend compte alors qu'il est seul et qu'il s'étreint lui-même. Un visage impassible et morne se dessine dans le petit cercle de lumière où l'entraîne sa chute.

LA VIE

Peu à peu, ces différents épisodes et quelques autres semblables constituent les seuls souvenirs de Mathieu et son seul lien avec la vie. Il les perçoit comme la seule réalité : il les revit sans cesse, sa mémoire a effacé tout le reste de son existence, qui se trouve abolie. Son esprit ne fonctionne que lorsqu'il s'applique à les ressasser, à tenter de les mettre en ordre et de les éclaircir, mais ces méditations restent stériles. Souvent, il se croit au seuil d'une grande découverte qui lui apportera la paix, lorsqu'un élément auquel il n'avait pas songé vient tout bouleverser. Il doit alors recommencer, suivre d'autres voies au terme desquelles ses espérances sont également déçues.

Son être s'est confondu avec le labyrinthe où il se débat. Il ne répond plus aux sollicitations du monde extérieur, les sensations ne l'atteignent plus, elles n'existent pas. Il a oublié jusqu'aux gestes de l'instinct. Etendu sur un lit, il est aveugle, sourd, insensible, incapable de penser à tout ce qui n'est pas son obsession. Cette situation elle-même est un rêve dont il n'a pas conscience, un rêve sans attaches, comme flottant dans les eaux immobiles de l'éternité, et qu'un autre rêve ultime, ou antérieur, ou simultané, dissout.

LE TRAIN

Mathieu Robert partit à contrecœur se reposer loin des villes. Un train poussif l'arrêta d'abord dans une petite localité de montagne. Là, il prit un taxi.

Le chauffeur, un vieillard imprudent et loquace, l'assommait d'une conversation futile : « Le prochain carrefour est très dangereux. Il y a des accidents tous les jours. Il faut faire très attention. Si on ne fait pas attention, c'est l'accident à coup sûr. » Et comme il était retourné vers Mathieu, un camion arracha le pare-chocs avant de la voiture au milieu du carrefour en question.

Plus loin : « Attention, il y a une voiture à droite », dit Mathieu. Le chauffeur, absorbé dans son discours, n'entendit pas la remarque. La voiture les évita de justesse sans même qu'il la vît, et il demanda à Mathieu quelques instants plus tard : « Pardon, vous disiez ? »

Plus loin encore, Mathieu trembla à la vue d'un coude brusque de la route que nul parapet protecteur ne séparait de l'abîme. Or, à sa grande surprise, le chauffeur se tut, ralentit, regarda la route pour la première fois depuis leur départ et franchit sans dommage le lieu redouté. Aussitôt après il reprit son discours. Il expliqua que dans ce même virage, il y avait de nombreuses années, son père, également chauffeur de taxi, mourut. C'était la nuit. Il roulait dans le sens opposé, menant à la ville un jeune couple avide de distractions. La fatigue, l'obscurité, une brume légère et de mauvais phares provoquèrent la catastrophe. Ils firent une chute de plusieurs centaines de mètres et s'écrasèrent sur des rocs vifs. On ne retrouva même pas le corps de la jeune fille.

Mathieu soupira d'aise quand le taxi s'arrêta devant l'auberge du village où il s'apprêtait à fortifier son corps par une nourriture saine et de longues promenades.

Le patron me monta lui-même le petit déjeuner. Son large sourire m'aida à supporter le moment difficile du réveil.

— Bonjour, monsieur Robert ! (Sa voix sonna comme un clairon dans la petite pièce.)

— Bonjour. Ce n'est pas Annette, ce matin ?

— Non, le lundi c'est son jour de congé. Voilà, un chocolat bien chaud. Je vous le pose sur la table ?

— Allez-y. Merci, monsieur Féret.

Le chocolat brûlant me surprit et la première gorgée m'arracha un cri de douleur. La veille, Annette m'avait monté un liquide à peine tiède dont je m'étais servi pour arroser les géraniums qui décoraient ma fenêtre.

Mon séjour au village offrait plus de charmes que je n'avais espéré. Tous, à commencer par mes hôtes, m'entouraient de prévenances. On m'interpellait dans la rue, on s'enquérait de ma santé, on me régalait de cidre doux.

Un jour, je rencontrai l'institutrice et lui parlai. Le sourire qui éclairait continuellement son visage me fascina. Je revins souvent rôder près de l'école.

A midi vingt, alors que je reposais sur mon lit après la promenade, une odeur de poulet rôti vint troubler mon extase musicale. Je descendis l'escalier à la hâte. Depuis un bon moment, un appétit féroce faisait chanter mon ventre aussi fort que la radio.

Le père Féret avait mis à ma disposition une vieille bicyclette dont j'usais chaque jour pour gagner le lieu de ma sieste.
Derrière la haie de peupliers s'étendait une plaine immense. Je faisais quelques pas jusqu'à un creux, dans l'herbe, où mon corps engourdi se recueillait.

Un jour, un grondement lointain me tira de mon assoupissement. Je m'assis, étonné. La masse noire d'un train à vapeur, aussi déplacé dans cette nature presque vierge qu'un crapaud l'eût été dans mon chocolat du matin, traversait avec fracas l'étendue verdoyante. Le mécanicien me fit un signe amical au passage.

— Il y a belle lurette que cette ligne est désaffectée, me dit le père Féret. Vous n'avez pas pu voir un train, c'est impossible.
Il ne me croyait pas. Personne, au village, ne me croyait. Tous redoublèrent de gentillesse à mon égard.

Mathieu Robert trouva une alliée dans l'institutrice. Elle le sauva peut-être d'un grand danger, qu'on peut aisément se figurer: les habitants du village conspirent contre lui. Un étranger, enfin, s'est installé parmi eux! Il remplacera leur fils condamné et conduira le train fantôme.

Le lendemain, le train s'arrête. Le mécanicien descend. Une sympathie irrésistible entraîne Mathieu vers cet homme et la conversation s'engage. L'homme répond de manière tout à fait plausible à ses questions concernant la nature et la destination des marchandises transportées, le fait que la ligne soit de nouveau en activité, qu'il soit seul à conduire le train, qu'il puisse s'arrêter ainsi pendant son travail...

— ... C'est tout simple. Tenez, essayez vous-même.
— Et pour m'arrêter ?
— Ne vous en faites pas, je suis là.

Je n'avais guère envie d'empoigner ces leviers sales, mais il semblait anxieux comme un enfant. Je ne voulus pas le décevoir et fis comme il m'avait dit. Le train s'ébranla, roula quelques mètres, prit de la vitesse d'une façon anormale. Je me tournai vers mon compagnon. Il n'était plus là, près de moi. Il reculait vers la portière, le visage crispé, ruisselant de sueur et de larmes.

Je m'élançai à sa suite, trop tard. Déjà il avait sauté du train et claqué la porte à toute volée derrière lui, déjà il s'enfuyait vers les peupliers dans une course maladroite et saccadée. J'essayai d'ouvrir, mais je savais que je n'y parviendrais pas, comme je savais, avant même de m'acharner sur les leviers, qu'ils seraient bloqués et ne répondraient pas à mes secousses.

Alors un calme étrange m'envahit, car je venais de comprendre mon sort. L'autre avait fini son temps de peine, il lui avait été donné de chercher une victime, d'arrêter sa machine, de se faire remplacer.

Le train filait maintenant dans une étendue sans limites, grise et désolée, qui n'appartenait plus au monde que je connaissais. Dans quel abîme...

Mais Mathieu ne retourne plus derrière les peupliers, ou ne revoit pas le train, ou ne l'a jamais vu. L'institutrice occupe seule son temps et ses pensées. Un soir, il demeure auprès d'elle plus longtemps que de coutume et les derniers mots qu'ils se disent sont prononcés dans la pénombre. La jeune fille se lève, allume une lampe, reste un instant debout, immobile, souriant à Mathieu. Il s'approche d'elle pour un premier baiser lorsqu'il voit son visage se transformer : son sourire s'efface, ses traits se figent, l'éclat de ses yeux vacille et s'éteint. Il comprend aussitôt. Il doit fuir, encore.

Il vient de quitter le village. La nuit rapide le surprend dans sa course, augmentant ses terreurs. Il a envie de renoncer, de s'accroupir dans l'herbe au bord de la route, la tête dans les mains, et d'attendre, mais une aide inespérée lui échoit. Une voiture, dont il n'a entendu le moteur qu'au dernier moment, s'arrête à sa hauteur : c'est le taxi qui l'a conduit au village lors de son arrivée. Après une brève explication, il s'assoit à côté du chauffeur. (La banquette arrière est occupée par un homme qui va également à la ville.)

Il pourra prendre le dernier train.

La voiture roule dans la nuit, trop vite à son gré. Tous se taisent. Ils approchent du virage où jadis...

Une odeur épouvantable fait suffoquer Mathieu. Il se tourne vers les deux autres et voit leurs chairs en décomposition glisser le long de leurs os.

La voiture fonce dans le vide.

Le paysage s'illumine, tous ses éléments se mettent à tournoyer autour de Mathieu jusqu'à former une seule paroi lisse qui se rapproche de lui.

Au fond du gouffre étroit où il tombe maintenant sans espoir, un visage impassible le guette, qu'il reconnaît doublement et dont le coin gauche des lèvres se relève peu à peu en un léger sourire.

Joseph avait achevé son récit d'une voix mourante.

— Que de fuites, de chutes, de larmes et d'épouvantes ! dit Pascal, se forçant à l'ironie. Et puis, l'identité du narrateur est peu claire. J'aime les choses simples. Je n'ai pas très bien compris qui raconte et qui est raconté.

— Moi non plus, avouai-je.

— C'est une image de notre misérable condition, dit Grégoire. La vie est une histoire où nous nous racontons les uns les autres. Comment savoir qui rêve qui ?

— Pas de commentaires, murmura encore Joseph.

Une torpeur s'emparait de nous, qui nous empêchait même de parler.

— A moi, maintenant, dit Grégoire.

Nous protestâmes par gestes.

— Il le faut. Un peu de dignité, que diable ! Croyez-vous que cela me réjouisse ?

Il avait raison. Je m'aperçus qu'il n'avait guère plus d'énergie que nous.

— Venez plus près, ma voix ne porte plus...

Nous usâmes nos dernières forces à nous rapprocher de lui. Nos quatre têtes se touchaient presque. Je ressentis une grande pitié à voir Pascal et Joseph vaciller sur leurs fauteuils, puis le vide se fit en moi quand Grégoire annonça à grand-peine — comment pourrait-il prononcer un mot de plus ? — le titre de son histoire :

QUATRE RÉCITS

TABLE

L'homme de main 9
Lettre à Mlle Catherine C. 20
Un long sommeil 26
Remake 36
La ruse 56
Quatre récits 64

Achevé d'imprimer en Europe
à Pössneck (Thuringe, Allemagne)
en mai 1994
pour le compte de EJL
27, rue Cassette 75006 Paris

Dépôt légal mai 1994

Diffusion France et étranger
Flammarion

Imprimé sur papier sans chlore et sans acide